〝勇者〟の称号を
得た少女
ミーア
&聖剣カントローム
女神の加護を得た
光の聖者
ヤマト
&口寄せのメダリオン

ミーアの相棒
レオナ
孤高の女侍
サオリーン
&
幼女忍者
アオタン

光の大聖者と魔導帝国建国記

～『勇者選抜レース』勝利後の追放、そこから始まる伝説の国づくり～ 2

今大光明

ぶんか社

CONTENTS

1．〝勇者の可能性〟の【称号】の謎

『カントール王国』の北、王国の外側《がわ》に広がる大魔境地帯『北端魔境』。

ここが『カントール王国』から追放された俺と仲間たちの新たな住処《すみか》だ。

人々が畏敬《いけい》の念を抱き、〝流刑地〟や〝人外の場所〟などと呼ぶこの『北端魔境』は、多くの魔物が跋扈《ばっこ》する人が住めない魔物たちの領域とされている。

俺と仲間たちは、その広大な『北端魔境』の中で、比較的魔物がいない台地に拠点を作った。

ここを足がかりにして、俺たちだけの国を作る予定だ。

この台地は『魔境台地』と名付け、その中に『第一拠点』という名前の小さな拠点を作った。

現在のメンバーは、俺と、俺を追って自ら追放されたクラウディアさんとラッシュだ。

『勇者選定機構』のエリートスカウターだったクラウディアさんは、その職を捨て、伯爵令嬢という地位も捨てて俺のもとに来てくれた。

綺麗《きれい》な黄金色の髪を持つ、誰もが目で追ってしまうような美人さんだ。

俺より三つ年上の21歳だが、貴族令嬢といった気品のある顔立ちと立ち振る舞いで、もっと年上のようにも見える。

またスレンダーなのに巨乳という反則級のボディの持ち主でもある。

一方のラッシュは、俺の三つ下の15歳で、俺が所属していた勇者候補パーティーのサポート部隊のメンバーだった娘だ。

ケモ耳と尻尾《しっぽ》がある亜人少女で、彼女は珍しいラーテルという動物の亜人なのだ。

銀髪に可愛《かわい》い黒耳が乗っている。

小柄なのだが、引き締まった筋肉質の体をしていて、クラウディアさんほどではないが、アピールの効いたグラマラスボディである。

◇

『第一拠点』に作った簡易なホームで、俺たちはくつろいでいる。

ラッシュが、尻尾を揺らしながら美味《おい》しいお茶を入れてくれた。

『北端魔境』で繰り広げられた魔物との戦いを終え、三人で一息吐《つ》きながら振り返っている。

『カントール王国』で正式に〝勇者〟として認定されたジャスティスが、自ら追放したはずの俺を連れ戻すために軍を率いてやって来た。

難なく撃退してやったわけだが、その後に魔物の連鎖暴走《スタンピード》があり、ハードな戦いを強いられた。

ジャスティスは勇者であるにもかかわらず、仲間の兵士たちを見捨てて逃げていた。

なんであんなやつが勇者とされているのか……全く理解できない。

俺は改めてそんな思いを抱いていた。

勇者候補パーティーは三つあった。〝勇者の可能性〟という【称号】を得ている者が三人いたからだ。

それぞれにパーティーを作り、競わせる形で、〝勇者選抜レース〟が開催され、俺が所属していたジャスティスのパーティーが第一位になり、正式に〝勇者〟として認定されたわけだが、クラウディアさん曰《いわ》くこの選抜方式自体に問題があると言う。

俺も全く同意見だ。

ジャスティス……あいつに勇者の素養があるとは全く思えない。

だが〝勇者〟と認定されてしまった。このことが、制度に問題があることの何よりの証左だ。

クラウディアさんの見立てでは、第三位になったパーティーの勇者候補であるミーアさんこそが、勇者の素養を持っていたようだ。

そんな話をしていた所為《せい》もあって、改めてラッシュが疑問を口にした。

「そもそも〝勇者の可能性〟って【称号】はなんなんですかね？　ジャスティスなんて、一番勇者から縁遠い性格してると思うんですけど……？」

俺もその点については疑問に思っている。

神様は、どういう基準で〝勇者の可能性〟の【称号】を与えているのか？

神様に対して不敬だが、明らかに間違いじゃないかと思う。

再びテラス様と話ができたら、尋ねてみようかな……。恐れ多くて訊《き》きづらいけど。

「実は……私も不思議に思って、過去の文献を調べてみたのよ」

クラウディアさんが、苦笑いしながら腕を組んだ。

「それで、何か分かったんですか？」

俺は思わず、食いついてしまった。

ラッシュも、うんうんと頷《うなず》きながら答えを待っている。

「はっきりとは分からないんだけど……〝勇者の可能性〟というのは……あくまで可能性であって、〝勇者〟の【称号】とは、次元が違うものみたい。まぁざっくばらんに言うと、可能性を示しただけの【称号】だから、ハズレもあるっていう感じみたいなんだよね」

「ということは……必ずしも〝勇者〟となるにふさわしい者に、〝勇者の可能性〟の【称号】が与えられるわけではないと？」

「多分ね。可能性はあくまで可能性なのよ。過去の資料によれば、〝勇者の可能性〟を持っていた者が、その後必ず〝勇者〟の【称号】を得たわけでもないし、国から〝勇者〟と認められたわけでもないのよ」

「なるほど……生涯〝勇者の可能性〟という【称号】のままだった人もいるし、〝勇者の可能性〟の【称号】だけでは、国が必ず〝勇者〟と認めたわけでもないと」

「そう。昔の記録では、〝勇者の可能性〟という【称号】があった者となんの【称号】も持たない者が候補にあがって、何の【称号】も持たない者の方を、国が〝勇者〟と認めたなんてこともあったみたい。

詳しくは分からないけど、なんとなくその時の方が健全に選抜していた気がするわね」

「なるほど……」

「それじゃあ昔は……〝勇者〟の【称号】はともかくとして、〝勇者の可能性〟の【称号】は、今ほど絶対視されていなかったってことなんですね？」

ラッシュが確認する。

「そうね。過去には、〝勇者の可能性〟や〝勇者〟の【称号】について、研究していた時期もあったみたい。その当時の研究責任者の書いた本を読んだんだけど……〝勇者の可能性〟とは、〝勇者〟となる可能性がある者……意志や想念の強さなど、大きな力を持つ可能性がある者に与えられる【称号】ではないかとされていたわ」

「ということは……〝勇者の可能性〟の【称号】は、人間性などは関係なく、良くも悪くも想いの力が強い者に与えられるという感じなんですね？」

「なるほど。それなら確かに、あのジャスティスに【称号】が与えられたのも納得できますけど」

俺とラッシュは、妙に納得してしまった。

「多分、ヤマト君の言う通りだと思うわ。もちろん記述されている研究責任者の意見が真実かどうかは分からないわけだけどね。でもラッシュが言うように、そういう基準で【称号】が与えられるなら、ジャスティスみたいな者にでも【称号】が与えられたことはある程度納得できるわよね。その本でも触れられていたけど、〝勇者の可能性〟の【称号】を持つ者は、良い方向に花開けば立派な〝勇者〟になるけど、悪い方向に向かえば、大悪人となって人々の害悪になる。まぁ今のジャスティスみたいな感じよね」

「そうですね……。ジャスティスも〝勇者の可能性〟の【称号】が与えられるほど強い想念の力を持っているんだから、良い方向に向かえば、立派な勇者になれたんでしょうけどね」

「今のジャスティスからは、想像もできないですけどね」

ラッシュが首を傾《かし》げる。

「まぁこれは、本人次第だから」

俺たち三人は、ジャスティスの振る舞いを思い出し、お互いに苦笑いをした。

「それから……〝勇者の可能性〟を飛び越えて、いきなり〝勇者〟の【称号】を得る者もいるみたい。というか、それが本来の形だったみたいなんだけどね」

「というと？」

「その本によれば、かなり古い時代には〝勇者の可能性〟という【称号】はなかったみたいなの。比較的最近できた【称号】ではないかと推測されていたわ。

神様が、強い想念を持つ者を明らかにするため、教えてくれるために、新たに作った【称号】ではないかとも推測されていたわ」

「それは……いったいなんのために？」

「研究責任者の私見だとは思うけど……そういう大きな力を持つ可能性のある者を明示することによって、周りの者たちに、その者が道を踏み外さないように、見守り支えさせるためではないかと書かれていたわ」

「なるほど。環境、その他の要因で悪に染まることがないように、良い方向に向かうように、導き守るという意味なのかもしれないですね」

「あとは、本人の自覚も促しているのかも」

確かに。

ラッシュが言う通り、この【称号】によって、本人も自覚したり、いろんなことを深慮するきっかけになるだろう。

「そうね。だから国としても〝勇者の可能性〟の【称号】を持つ者を集めて教育して、心身ともに〝勇者〟にふさわしい存在になれるように、保護を始めたみたい。

魔王の出現が予言されていない平時でも、その活動はしていたのよ。むしろ平時の方が、保護し教育するという趣旨は全うされていたみたいだけど。魔王の出現が予言された乱時には、うまく機能できなかったわけよね。皮肉な話だけど。乱時になると、否《いや》が応でも国が〝勇者〟を認定し、魔王に対抗する体制を整えなければいけないからね。

〝勇者選抜レース〟が始まれば、もう競争原理しかないから教育もないがしろにされてしまう。特権意識だけを持ったジャスティスみたいな存在が、できてしまうのよ。

まぁこれも、本人の心持ち次第なんだけどね」

「そうですね。確かに皮肉な結果ですね」

「でも〝勇者選抜レース〟をしていたからって、ちゃんとした人はいますけどね。ヤマト先輩みたいな」

ラッシュがそう言って、俺の腕に抱きついてきた。

「まぁいずれにしろ、長い歴史の中で、疲弊し機能しなくなった制度であることは間違いないわ」

クラウディアさんが、渋い顔で吐き捨てるように言った。

クラウディアさんが教えてくれた情報で、なんとなくではあるが理解できた気がする。

〝勇者の可能性〟の【称号】は、あくまで可能性を指し示す【称号】であって、〝勇者〟の【称号】とは次元の違う、質的に異なるものであるということだ。

おそらく〝勇者〟の【称号】を得るには、なんらかの厳しい条件があるのだろう。

その中には、クラウディアさんが基準にしているような人間性のようなものもあるのかもしれない。

というか、そうであってほしい。

そして〝勇者の可能性〟は、一旦そういうものを度外視し、何か大きな力……想念の力を秘めた者に与えられる【称号】なのだろう。

その者が間違った方向に行かないように、本人及び周りの者に注意を促すために。

いつの頃からか、そんな意味で神様が新たに作ってくれた【称号】なのだろう。

直感的にそう感じた。

勝手な想像というか妄想だが、〝勇者の可能性〟という【称号】がなかったと思われる古い時代には、大きな力を持つ可能性のある者が、悪に落ちることが多かったのではないだろうか。

それを防止するために、〝勇者の可能性〟という【称号】を、神様が作ってくれたんじゃないかという気がした。

〝勇者の可能性〟というと、すごく聞こえがいいが、実は、〝巨悪になる可能性〟を示している【称号】とも言える。

〝勇者の可能性〟という名前になっているのは、本人も良い意味で自覚が持てるように、ということなのかもしれない。

そして、ふと思ったが、この【称号】自体、その本人を試し、選別する意味があるのかもしれない。

〝勇者の可能性〟という【称号】を得て、責任感や希望を感じる者は当然努力し、素晴らしい〝勇者〟として覚醒する。

逆に、その【称号】に特権意識を感じるような者は、必然的に他者を見下し堕落するということになるだろう。

最終的には、本人の心持ち次第ということになるわけだ。

ある意味恐ろしい【称号】かもしれない。

自分が試されるわけだ。

〝勇者の可能性〟なんて【称号】を得たら、〝俺は特別な人間なんだ〟と傲慢《ごうまん》になってしまう可能性は、誰にでもある。

今代は、三人も〝勇者の可能性〟の【称号】を得ているのだから、できればみんな〝勇者〟として覚醒し、人々を守る存在になってほしいものだ。

まぁジャスティスは、無理だろうけど。

クラウディアさんが認めている〝勇者選抜レース〟第三位になったパーティーのミーアさんは、期待できるんじゃないだろうか。

もちろん俺も見たことはある。話をまともにしたことはないが。

彼女が〝勇者〟として覚醒して、人々の希望になってくれたら最高なんだけどな。

そして、ぜひ一度は会ってみたいと思っている。

ん、そういえば……素朴な疑問が浮かんだ。

「クラウディアさん、第三位になった勇者候補パーティーのメンバーは、どうなったんですか？」

今まで深く考えてなかったが、どうなっているのだろう？

「解散したはずよ。第二位のパーティーは、何かあった時のための補充要員として、今まで通り

『勇者選定機構』の管轄下で活動するけど、第三位のパーティーは必要ないから、解散したはず。

事実上は、解雇という形になったはずよ。ただ、人によっては軍にスカウトされたりして、再入隊した人もいると思うけど」

「え、解雇なんですか？」

「優秀な人材を、簡単に解雇するなんて、やっぱり国はおかしいですね」

俺は驚き、ラッシュはほっぺたを膨らませた。

「そうなのよ。ひどい話。……ただある意味、いいことかもしれないとは思ってるの」

「え、どうしてですか？」

ラッシュが疑問顔だ。

「ある意味、自由になれるわけじゃない。故郷に帰ることもできるし」

「あぁ、なるほど。そういう考え方もできるわけですね」

「確かに、国の中枢で仕えてもいいことないですもんね。それにしても、普通なら手放さないと思うんですけど」

俺は、追放された身だが、むしろそれでさっぱりしたので、クラウディアさんの考え方はよく分かる。

ラッシュもそういう意味では理解できるのだろうが、国としてのあり方がおかしいという疑問は拭《ぬぐ》えないようだ。

まぁその通りだな。

「それが、この国の大きな問題よ。貴重な人材だと理解しつつも、その人の今後の人生のために自由にしてあげるって言うならいいけど、〝用無し〟みたいな感じで解雇するんだから、全くおかしいわよ。ただ、あの子、ミーアにとっては良かったとは思うけどね」

「ミーアさんは、故郷に帰っちゃったんですかね？」

ラッシュは、やはり気になるようだ。

「多分そうね。まぁ私たちが追放された後のことだから、実際は分からないけどね。彼女の故郷は、私の家が治めているデワサザーン領の沖合に浮かぶ島なのよ」

「え、クラウディアさんの家の領地の領民だったんですか？」

「そうよ」

「だったらクラウディアさん、その子もここに呼び寄せたらどうです？」

ラッシュが期待顔だ。

「そうね。あの子が望むならそれもいいけど……。

無理には誘いたくないのよね。

私がスカウトしたばかりに、あの子には苦労かけちゃったから、故郷での暮らしがいいと言うなら、そっとしておいてあげたいの。

ここでの暮らしを希望してくれたら、もちろん嬉《うれ》しいんだけどね」

「本人の希望ですが……クラウディアさんは、どう思います？」

「まぁなんともね。普通で考えれば、故郷での暮らしがいいとは思うけど……」

「無理強いするのではなくて、選択肢を提供するという意味で、声をかけてみるのはいいんじゃないでしょうか？」

俺は、そんなアドバイスをさせてもらった。

無理強いさえしなければ、いいと思うんだよね。

「……そうね、ヤマトくんの言う通りね。決めるのはあの子だし。

実は……さっきイリーナたちに渡した実家の王都邸に届けてもらう手紙の中には、その子のことも書いてあるの。探し出して、様子を知らせてほしいと。

もっとも、ここまで手紙を届けてもらう手段がないんだけどね……」

「そうだったんですね。やはり気になる存在なんですね。そして確かに……この魔境の中まで手紙を届けてもらうのは、無理がありますね」

改めて考えると、俺たちがこれから住む場所に手紙や物資が届くということは、基本ありえないのだ。魔物の領域だからな。

「そうなの。ただ私の家には、特別な魔法道具があるから、もしかしたら……それを使えば手紙が届くかもしれないけど」

「特別な魔法道具？　それはどんな？」

「伝書鳩の魔法道具といって、鳩型の魔法道具が飛行して、手紙を届けるの。小さな物なら荷物も運ぶことができるわ」

「それはすごいですね」

「じゃあそれで届けてもらえるんじゃないんですか？」

「魔法道具が飛行して手紙を届ける仕組みは、〝対〟となる装置を目指すというものなの。まぁ〝対〟と言っても全部で十個あるんだけど。

鳩の巣箱みたいな形になっていて、鳩を飛ばす時に何番の巣箱に向かうか指定すると、そこに向かって飛ぶって仕組みなのよ」

「なるほど。ということは、その巣箱型の装置がここにはないから、届けようがないってことなんですね？」

「そうなのよね。魔法道具だから、一瞬、なんとかなるように思っちゃったけど、冷静に考えたら無理だと思う……」

「……残念。期待したのになぁ……」

ラッシュが肩を落とした。

「クラウディアさん、その巣箱型の装置って、全部使っちゃってるんですか？　使ってないやつとかないんですかね？」

ラッシュが何か閃《ひらめ》いたのか、顔を上げた。

「そうね……一つか二つくらい使っていないのが、屋敷に残ってるかもしれないわね……」

「だったら、取りに行ったらどうです？」

ラッシュのアイデアは、これだったらしい。

というか……取りに行けるくらいなら、伝書鳩の魔法道具を使わなくても、いいと思うんだけど。直接話ができちゃうわけだし……。

「取りに行く……？」

「オートホースで飛んで行ったら、見つからずにたどり着けるんじゃないですか？　日中飛ぶ時も、人に気づかれないくらい高いところを飛べばいいんじゃないですか？　一日くらいで着かないですかね？」

ラッシュから、びっくりなアイデアが出た。

なるほど、オートホースで誰にも見つからないように、上空を飛んで行っちゃうわけか……それはありかもしれないなぁ。

俺は考えもしなかったが、いいかも！

「……確かに言われてみれば、そうね。オートホースのあのスピードなら、一日かからずに着くかもしれないわね。もっとも、乗ってる方はかなり大変だと思うけど……」

そう言いながら、クラウディアさんはゲンナリとした表情になった。

「クラウディアさん、もし良かったら行ってきてください。本当は俺も一緒に行きたいところですが、何があるか分からないので、一応ここに残ろうと思います。一人は危険なので、ラッシュと二人で行ってきてください」

「うーん、そうしようかな……。一度、父と話がしたかったし」

「じゃあ、行って来ちゃいましょうよ！」

ラッシュは、既《すで》に行く気満々になっている。

「マスター、それでは、オートホースに私のマッピング機能を連動させましょう。オートホースの魔法ＡＩとのリンクが確保されているので、ある程度の情報や能力をリンクさせることもできるのです。周辺情報も拾いながら行けるので、ちょうどいいです」

『大剣者』がそんな提案をしてくれた。

オートホースに、自分の持ってる機能を連動させて使えるようにできるなんて……すごいじゃないか！

流石《さすが》『大剣者』！

「じゃあ、善は急げで、今から行っちゃいましょう！」

「え、今すぐ？　……そうね、行っちゃいますか」

ラッシュのイケイケなノリに、クラウディアさんは少し戸惑っていたが、心を決めたようだ。

少し準備をした後、二人はオートホースに騎乗して出発した。

まだ午前中の時間帯だし、上手《うま》くいけば夜には着けるかもしれない。

それが無理でも、朝には確実に着けるだろう。

2. 故郷を目指す旅

私は、ミーア・シーウォーカー。〝勇者〟の【称号】を得た者だ。

でもこのことは、今のところ私と親友のレオナだけの秘密だ。

私は、三組によって争われた〝勇者選抜レース〟で第三位……つまり最下位になってしまった。

第三位のパーティーは補欠としての役割もないので、『勇者選定機構』を解雇された。

そんな私が、何故《なぜ》か〝勇者〟の【称号】を得てしまった。

今では一緒に旅をしているダルカスさんたちを助けたことがきっかけで、〝勇者〟の【称号】を得たのだ。

ダルカスさんたち十人は、勇者ジャスティスに見捨てられたサポート部隊の人たちだ。

見捨てられ魔物の餌食《えじき》になりそうだったところにたまたま居合わせた私は、なんとか助けたいと思った。

そんな気持ちが、〝勇者の可能性〟の【称号】を〝勇者〟の【称号】に高めたらしい。

だけど、あの時以来、神様らしきお方の声は聞こえない。

あの時、一時的に授《さず》けられた〝真の勇者〟の能力ももう使えない。

でもそれはいい。これから精進して〝真の勇者〟になればいい。

私にできることなら、なんでもやるつもりだ。

だけどまずは、一旦故郷に帰る。デワサザーン領の沖に浮かぶ『トブシマー』に帰るのだ。

族長や家族に、今までのことを話さないといけない。

そして、これからのことも相談したい。

私が〝勇者〟の【称号】を得たと言ったら、きっと驚くだろう。そして喜んでくれるに違いない。

今から楽しみだ。

隣を歩くのは、親友のレオナだ。

彼女は獅子の亜人で、ショートカットにした茶髪がよく似合っている。そこに乗る丸い耳がすごく可愛いくて、いつも触ろうと狙っていることは内緒だ。

彼女は、私の勇者候補パーティーのサポート部隊のメンバーだった。

第三位の勇者候補パーティーのメンバーは解雇されるのだが、そのサポート部隊については解雇されるわけではない。別の部署に割り振られるだけなのだ。

だけどレオナは、私と行動するためにあっさりと辞めてしまった。生涯の友達として、離れるつもりはないと断言された。

もちろん私もそのつもりだけど。

ダルカスさんたちは、勇者ジャスティスに見捨てられ迷宮に置き去りにされ、死んだと思われている。

だから、彼らは『勇者選定機構』に戻るのではなく、そのまま死んだことにして、私について来るという決断をした。

このまま戻っても、また同じ目に遭う。命を落とす可能性が高いというのが理由だ。

確かにその通りで、ダルカスさんたちの決断は正しいと言える。

だからこそ、行く当てがないという彼らを、私は故郷に誘ったのだ。

彼らの家族は王都にいるわけだが、何も知らせていない。苦渋の決断ではあるが、今は迷宮で殉職したと思っている方が家族も安全だからだ。

いずれ落ち着いたら、密《ひそ》かに迎えに行くという予定である。

そんなこんなで、私たち十二人はデワサザーン領に向けて旅をしているわけだが、馬車を使わずに徒歩での旅をしている。

その理由は、道中の関所を越える時に、身元がバレるとまずいからだ。

私とレオナは、国に追われているわけでもないし問題はない。

身分証も冒険者としての身分証がある。

だけど死んだことになっているダルカスさんたちは、万が一にも身元がバレるとまずい。

それに死んでいるだけに、身分証がないのだ。

私の同行者ということで、なんとかなる場合もあるんだけど、そこは関所の門番の対応次第。

だから関所を通る時は要注意なのだ。

離れたところから様子を窺《うかが》って、大丈夫そうなら通過するけど、厳しそうなら関所を避けて山越えなどの別ルートを選ぶ必要がある。

だから、その際に小回りが利かない馬車は使っていないのだ。

私の目指すデワサザーン領までには、三つの領を通過しなければならない。

私たちがいた王都は、『カントール王国』の王家直轄領で、今はそこから二つ目にあるニッコウ領にいる。

次の次がデワサザーン領だから、道程全体から見ると半分ぐらいまで来ている感じだ。

歩き通しの旅は結構大変だし、必然的に野宿が多くなる。

サポート部隊の人たちは、体力的にも大変だと思うが頑張ってくれている。

みんな楽しそうに、元気に笑いながら歩いている。

勾配がきつかったり、悪路など、厳しい道ほどみんな声を出し、笑いながら進んで行く。

そのおかげで長い旅も、とても楽しいと思える。

野宿も苦にならない。

彼らはサポート部隊だけに、野営の専門家で、料理なんかもバッチリできちゃうのだ。

もちろんレオナもだけどね。

お肉は、道中で野生動物や魔物を狩ればいい。野草なんかも採れるし。

野菜も王都や途中の町や村で大量購入できているので、全く問題ない。

これは、レオナが容量の大きい魔法カバンを調達してくれたからなんだけどね。王都を出る前に、知り合いに頼んで借りてきたらしい。

レオナは、「事実上〝借りパク〟しても大丈夫！」みたいな泥棒発言をしていたけど、本当に大丈夫なんだろうか？

もちろん、軽く怒っておいたけどね。

レオナは、笑って「大丈夫、大丈夫」と言っていたから、親友を信じることにしよう。

ここまでの旅は順調だった。

ただ、このニッコウ領に入る関所を通る時に、優しい門番のお兄さんが、物騒な情報を教えてくれた。

ここ最近、盗賊が頻繁に出るらしい。

男は殺されるし、普通なら生かされ拐《さら》われることが多い女性も殺されているのだそうだ。

そして、なぜか子供だけが拐われるらしい。

神出鬼没《しんしゅつきぼつ》で領軍や各市町の衛兵隊でも、手を焼いているということだった。

私たちは子連れではないけど、念のため注意をするようにと教えてくれた。

ちなみに関所を通る際、ダルカスさんたちは、私たちの連れということで問題なく通してもらえた。

関所の門番としてはユルユルな感じだが、私たちにとってはありがたかった。

まぁダルカスさんたちは、悪い人には見えないからね。

私たちに注意も促してくれたし、〝ユルユル門番さん〟ではなくて、〝良い門番さん〟認定してあげようと思う。

◇

関所を通ってからかなり歩いたが、ようやく遠くの方に街らしきものが、と言うよりはその外壁らしきものが見えてきた。

そんなタイミングで、微《かす》かに悲鳴のようなものが聞こえた。……気がしたが……。

「ミーア、今の聞こえた？」

レオナが耳をヒクヒクさせて、私に尋ねてきた。

やっぱり悲鳴だったみたいだ。

「うん、聞こえた！」

ダルカスさんたちには聞こえなかったようで、不思議そうな顔をしている。

「ダルカスさん、今微かですが悲鳴のような声が聞こえたんです。私たち見てきますから、気をつけながら来てください」

「え、そうなんですか！　……まさか盗賊？　私たちのことはいいので、早く助けに行ってあげてください！」

「分かりました。レオナ行こう」

「うん」

私たちは駆け出した。

◇

近づくにつれ、悲鳴や剣戟の音が聞こえてくる。

盗賊との戦闘で間違いないだろう。

はっきりと見えるまで近づいた。

そこにいたのは……街道の端で、馬車を囲んでいる盗賊たちだった。

馬車の前には、冒険者らしき人が数名立っているが、怪我《けが》をしているようだ。

近くには倒れてしまっている人もいる。

すぐに助けに入ろうと加速しようと思ったその時――私たちとは反対方向から、土煙を上げながら何かが猛烈な勢いで迫ってきた。

あれはなんだろう？

「待てーい！　理不尽はこの私が許さない！　この世の全ての理不尽に物申ーす！

私事により、自身の命により、密かに事を成す、私儀隠密！　孤高の女侍《ざむらい》、只今《ただいま》見参！」

「ふぅぅぅぅ、我が身既に忍なり、我が心既に空なり、空なるが故に無！　魅惑の女忍者、只今参上！」

猛烈な勢いで接近し割って入ったのは、綺麗な女性と、乳母車《うばぐるま》に乗った女の子だった。

女の子は5、6歳ぐらいに見える幼女だけど、戦う気満々な感じだ。

女性は、この国の民族衣装でもある着物、しかも男性用っぽい物を着ている。

薄紫のシンプルな着物で黒髪を後ろで束ねた姿は、凛《りん》としていて立ち姿だけでも美しい。思わず見入ってしまう。

今女侍と言っていたが、まさに英雄譚《えいゆうたん》に登場する伝説の女侍のような雰囲気だ。

幼女は短く纏《まと》められた黒髪の上に、同色の猫耳が乗っている。猫の亜人のようだ。

薄桃色の特殊な感じの着物を着ている。あの感じは……確かに英雄譚で語られる女忍者の装束に似ている。

いけない、緊迫した状況なのに思わず見入ってしまった。

ただなんとなく、あの二人がいれば、盗賊なんて簡単に倒してしまうだろうという感覚を抱いて

しまった。

直感的に……あの二人は強いと思う。

「女侍心得の条、死して屍《しかばね》拾う者なし！　されど死せず！　死せるは盗賊、盗賊として心得よ、死して屍拾う者なし！」

「人を殺すってことは、殺される覚悟もあるってことだよね？　盗賊ダメ絶対！　天魔覆滅《てんまふくめつ》！」


――ザシュッ。

――シュッ、シュッ。


すごい！　一瞬だった。

女侍さんは、走りながら抜刀し、一気に二人を斬り捨てた。

乳母車に乗った幼女忍者ちゃんの方は、両手でクナイを投げ二人の盗賊の脳天に突き刺した。

やっぱりこの人たち強い！

残りの盗賊たちが浮き足立っている。

盗賊たちは十数人いたから、まだ十人ぐらい残っていて未《いま》だ数の上では不利だけど、そんなことはこの人たちには関係ないだろう。

私たちも、ただ見ているわけにはいかない。ここは応援に入ろう！

レオナと顔を見合わせ、一気に駆け出す。

「救援に入ります！」

盗賊の増援と誤解されないように、私は大きな声を張り上げた。

そして、槍《やり》を向けて急襲した。

そこからは、あっという間だった。

女侍さん、幼女忍者ちゃん、そして私で一気に制圧した。

と言っても、私が倒したのは二人だけで、他は全て彼女たちが倒したけどね。

はっきり言って、私いらなかったよね……グスン。

まぁ分かってはいたんだけど……。

ちなみにレオナは、戦闘には参加せずに、怪我をしている冒険者に回復薬を渡してくれていた。

女侍さんと幼女忍者ちゃんは、みんな殺してしまったけど、私が倒した二人は生かしている。

「助太刀に感謝いたす」

「ありがとう」

二人はお礼を言ってくれたが、私が捕らえた盗賊たちを鋭い目つきで睨《にら》んでいる。

「優しい心根の御仁とお見受けする。しかるに、こやつらを生かすのはいかがなものか？　こやつらは、今まで多くの命を無慈悲に奪っている。私にはそれが見える。殺す者は、殺される覚悟を持つべき。少々甘いのではござらぬか？」

「優しい人は好きだけど、悪い人は嫌い。罰も必要。うちはそう思う」

あら、私……非難されちゃってる？

「えーっと……、確かにそうだとは思うんですけど……実は何か情報を引き出せないかと思いまして……」

「ほう、引き出すべき情報があると？」

女侍さんが首を傾げている。

「えーっと、実はこの辺で最近よく盗賊が出るそうなんですけど、なんでも子供を拐っているらしいんです。多くの子供たちが犠牲になっているっていう話を耳にしたものですから、もしその盗賊の一味なら情報を聞き出して子供たちを救出したいなと思ったんです……」

私がそう言うと、二人は目を大きく見開いた。

「なんと！　……そんなことが。私の浅はかさをお許しいただきたい。確かにそんなことが起きているならば、速やかに情報を聞き出し救出に向かうべきです。本当に申し訳ない」

「ごめんなさい。子供拐うダメ絶対！　助けなきゃ」

女侍さんが深く頭を下げ、幼女忍者ちゃんはおろおろしている。

「いいえ、謝っていただかなくて大丈夫です」

私はそう言ったのだが、二人は何度も頭を下げてきた。

逆に私もなぜか頭を下げている。

そんな感じでどうしようかと思っているところに、馬車に乗っていた中年のおじさんが出てきた。

「この度は助けていただき、誠にありがとうございます。心より感謝御礼申し上げます。私は、この先にある『トウショウグの街』で雑貨屋を営んでいる『ザッカヤー商会』のユバと申します。隣領に仕入れに出て、戻る途中でした。本当に助かりました」

丁寧にお礼を言ってくれたので、私とレオナも挨拶《あいさつ》をした。

ちょうどそのタイミングで、ダルカスさんたちも来たので、改めて一緒に挨拶した。

そして、私たちの次の目的地が『トウショウグの街』であることを伝えると、一緒に行こうと誘われて共に行くことになった。

女侍さんと幼女忍者ちゃんも、挨拶をしていた。

彼女たちも旅をしているとのことだったが、既に『トウショウグの街』に入っていて宿をとっていると言っていた。

薬草でも採れないかと外壁の外に出てきたところ、争いの気配を感じて駆けつけたということだった。

女侍さんは、サオリーンさんという名前だった。「私は、サオリーンと申す。孤高の女侍で、この子の母親です」と挨拶をしていた。

愛する娘がいる時点で、孤高ではないんじゃないか、と密かに心の中で突っ込んだのは内緒だ。

まぁ〝孤高〟というのは、〝独りぼっち〟とは違うんだろうし、間違ってはいないんだろう。

幼女忍者ちゃんは、アオタンちゃんという名前で、5、6歳ぐらいに見えたのだが、8歳だった。ちょっと小柄なだけだった。

「アオタンだよ、よろしく」と可愛く挨拶をしていた。

この子は、猫の亜人なので、多分サオリーンさんとは血の繋《つな》がりはないんだと思う。

というか、そんな風に思ったのが伝わってしまったのか、「アオタンとは血縁こそないが、魂の家族なのです」と誇らしげに言われてしまった。

それからユバさんの護衛についていたのは、やはり仕事として依頼を受けた冒険者たちだった。

五人のパーティーで、私たちが駆けつけた時には、二人が大怪我をしていた。

ただその人たちも、レオナの回復薬で今では元気になっている。

この冒険者さんたちにも、めっちゃ感謝されて何度もお礼を言われた。

ユバさんは、しっかりお礼がしたいと言い、ぜひ自分の屋敷に来てほしいとお願いされたので、私たちはついていくことにした。

ユバさん曰く「それなりの広さがあるので十二人でも十四人でも泊まれます。ぜひ泊まってください」とのことだった。

私たちは、当然宿をとっているわけではないので、お言葉に甘えることにした。

サオリーンさんたちは、宿をとっているという話だったが、ぜひ一緒にと強く誘われて少し困っていた。

ただ、美味しい食事をいっぱい出すという一言が決め手となって、一緒に宿泊することとなった。

やっぱり美味しいものには勝てないよね。

◇

今は、街に向けて歩いているところだ。

私とレオナは、乳母車を押すサオリーンさんを両側から挟む形で共に歩いている。

私は、サオリーンさんといろいろ話したいと思っている。

レオナは多分だけど……可愛いアオタンに構いたいようだ。同じ猫系の亜人でもあるしね。

「お二方からは……特別な気配がします。特にあなたは……！　勇の者ではあるまいか？」

サオリーンさんが、突然私にそんなことを訊いてきた。

驚いて一瞬固まってしまった。

私の反応を見て、彼女は少し口角を上げた。

「サオリーンさんって、もしかして【鑑定《かんてい》】スキルを持っているのですか？」

思わず訊いてしまった。

「いいえ。ただなんとなく、そんな気がしただけですよ。でも今の反応は、認めたようなもの。腹芸ができない実直な方のようですね。ふふ」

サオリーンさんに笑われてしまった。

確かに今の反応じゃ、バレバレだよね。

「ミーアお姉ちゃん、アオタンもすごく気になるから、これでちょっと見てもいい？」

そう言うとアオタンちゃんは、ぐるぐるの……渦巻きのようなレンズのメガネを掲げてみせた。

これって……！　メガネの魔法道具だ！

極めて貴重な魔法道具だ。様々な種類があり、特殊な情報が読めたりすると聞いたことがある。

これは『勇者選定機構』の講習で知った情報だ。

「アオタンちゃん、それって、メガネの魔法道具だよね？」

「そうだよ。でもその前に、アオタンはね、アオタンって呼んでほしい。〝ちゃん〟付けよりも、親しい感じがするから、こっちがお気に入り！」

「じゃぁ私も、サオリーンと呼び捨てにしてほしい。この縁は、長き友の縁に違いない」

えっと……メガネのことはすっ飛ばして……呼び方？

まぁいいけど……。

「わ、わかりました。じゃぁそう呼ばせて貰《もら》います。私のこともミーアって呼んでください」

「あ、じゃぁ私も。レオナでいいからね。よろしくねサオリーン、アオタン」

レオナも当然のごとく乗ってきた。この子は人の心を開くのが得意だからね。

でもこの話の流れを無視した指摘は良かったかも。

おかげで、なんか一気に距離が縮まった気がする。

ということで、本題に戻ってもらわないと。

「アオタン、それってやっぱりメガネの魔法道具でしょ？」

改めて訊き直した。

「うん、そうだよ。これはね……『色眼鏡』って言って、ステータスが見れるのと、いい人か悪い人かっていうのが、大体分かるすんごいメガネなんだよ！」

「えーなにそれ！　面白い！」

レオナがめっちゃ食いついた。この子って、魔法道具が好きなんだよね。

「すごいね、どんな感じで見れるわけ？」

さらに食いついてる。

「えっとね……ステータスは、基本的なところが見れる。あと、いい人悪い人っていうのはね……その人の色が見えるんだよ」

「おお、どういうこと？」

レオナは、いまいちピンと来てないようだ。

もちろん、私もピンと来てないよ……。

「普通っていうか……悪い人ではなくって、すごくいい人でもないっていう場合は、あまり変わらないんだよね。心根が悪い人だと、その人が灰色とか黒っぽい感じになるの。

逆にいい人は、黄色っぽくなったり、青っぽかったりって感じで色が付いて見えるんだよ」

「へぇー！　面白いわね。でもなんか……それで見られるのって、ちょっと怖いかも……」

レオナが声を弾ませつつも、最後にはトーンダウンした。

確かに、それで悪い人判定されたら、めっちゃ落ち込むもんね。

私も怖いわ。

そんな風に思ってほっぺを掻《か》いていると、アオタンが見つめてきた。

「どう？　ミーアお姉ちゃん、見てもいい？」

めっちゃ純真な幼女の笑顔を向けてくる。

凄腕の女忍者の顔は完全に封印している。

恐るべし八歳児。

「う、うん、いいよ。でも私のステータスは他の人には内緒だよ」

一瞬断ろうかとも思ったが、この二人には〝勇者〟の【称号】のことを知られてもいいと思った。

サオリーンは、直感的なものなんだろうけど気づいてるみたいだし。

何より私も直感的なもので、この二人は信頼できると感じている。

「ミーア、いいの？　……まぁいいか。この二人なら」

レオナは一瞬驚いていたが、私と同じ考えに至ったようだ。

「ミーアお姉ちゃん、ありがとう。じゃあ見させてもらうね」

アオタンはそう言うと、『色眼鏡』をかけて私を見た。

「うんうん、やっぱりそういうことなんだね」

アオタンは、そう言って納得するように頷くと、サオリーンに小声で何かを伝えていた。

おそらく〝勇者〟の【称号】のことを伝えていたのだろう。

他の人には聞こえないように、気を遣ってくれたらしい。

気遣いができる素晴らしい8歳児だ。改めて……恐るべし8歳児！

「ミーアお姉ちゃんって、すごく、すごーくいい人だね！　青っぽい光に包まれてるよ」

今度は、私の色について教えてくれた。

私って青っぽい色が付いているんだ？　髪の色とは関係ないよね？

「おお、流石ミーア！　いいね！　と、ところで……アオタン、私ってどうかな……？」

レオナが、おっかなびっくりという感じで尋ねた。やっぱり自分の色が気になるようだ。

「うん、ちょっと待ってね……やっぱレオナお姉ちゃんも、すごくいい人だね！　お姉ちゃんの色は、明るいオレンジ色だよ！」

「本当!?　やった！」

レオナが満面の笑みで、ガッツポーズを作った。

「何喜んでんの？　レオナはいい子なんだから当たり前でしょ！　『色眼鏡』がなかったとしても、親友の私が保証してあげるよ」

私がそう言うと、レオナは嬉しそうに鼻をグスンと鳴らした。

◇

そうこうしているうちに、私たちは『トウショウグの街』に到着した。

ユバさんは、結構有名なのか、門番さんに挨拶しただけで、ノーチェックで通してもらえた。

一緒にいた私たちも、ノーチェックだった。ラッキー！

街の中に入り、護衛の冒険者さんたちは、冒険者ギルドに報告に行くとのことで別行動となった。

私たちは、そのままユバさんの屋敷まで歩いていく。

途中の街並みも見れてちょうどいい。

道すがらユバさんがいろいろと教えてくれた。

この『トウショウグの街』は、ニッコウ領の中で領都に次ぐ第二の都市と言えるくらい栄えているらしい。

〝街〟という名前ではあるが、実態としては〝都市〟であり、本来であれば『トウショウグ市』と名乗るべきなのだそうだ。

それにもかかわらず『トウショウグの街』となっているのは、『カントール王国』建国の頃に近いかなり初期の頃の領主様と、その当時の領民の願いで、街の名前を変えないように取り決めをしたらしい。

小さな街から発展した心意気と伝統を忘れないように、いくら大きく発展しようとも、永遠に〝街〟を名乗ると決めたのだそうだ。

なんかその話を聞いただけで、私はこの街が好きになってしまった。

引き継ぐ伝統、そして発展させるという心意気、大きくなっても傲《おご》らない……素晴らしいと思う！

王都ほどではないが、かなりの賑《にぎ》わいで活気のある街だ。

大きな通りを歩いているだけなんだけど、この街の活気は十二分に伝わってくる。

◇

結構歩いたけど、街並みや人々の様子を観察していたから、全く苦にならなかった。

到着したユバさんの屋敷は、思ってた以上に大きなお屋敷だった。貴族のお屋敷と言ってもいい感じだ。

きっと『ザッカヤー商会』は、規模の大きな商会なのだろう。

ユバさんが住んでいる本館と、お客さんを招待するための別館がある。

私たちは、別館をお借りすることになった。

ダルカスさんたち男性十人は二階を使って、私とレオナ、サオリーン、アオタンの女子四人は、一階を使うことにした。

一階には、食堂やリビングなどの共用スペースがあって、個室が五つしかないので、人数の少ない女性陣が一階を使うことにしたのだ。

二階は部屋数が多いから、ダルカスさんたちも一人ずつ部屋が使える。だからそう割り振ったんだけど、ダルカスさんは女性が二階を使うべきだと言って固辞しようとした。

そんな気を遣う必要なんて、全くないのに。

私は少し困ったのだが、サオリーンとアオタンが助け舟を出してくれた。

サオリーン曰く、「何かあった時にすぐ対処できる一階に布陣するのが、女侍心得の条の一つでござる！」

アオタン曰く、「乳母車二階に持ってくの面倒だし！　うちヤダし！」

この二人の微妙な駄目出しで、ダルカスさんは固まり、何故か了承してしまっていた。

恐るべし女侍！　恐るべし幼女忍者！

◇

少しして夕食時になり、私たちは本館に招かれ夕食をご馳走《ちそう》になった。

「美味しい食事をご馳走します」という宣言通り、豪華な食事が用意されていた。

命の恩人に対する最高級のおもてなしだと言っていたけど、本当にそうだと思う。

はっきり言って、食べたことがないような料理がいっぱいだった。どれも美味しかったんだけど、ほとんどの料理の名前が分からなかった。

〝高級料理あるある〟だと言って、レオナと二人で笑ってしまった。

私もレオナも、ちょっとはしたない感じでがっついていたと思う。

でも、ふと見るとサオリーンもアオタンもがっついていたから、私たちだけが目立ったということはなかったと思う。

というか、そう信じたい……。

ダルカスさんたちも、一心不乱に食べていた。

目に涙を浮かべたりなんかして、感動しまくっていたのだ。

そんな私たちの様子を見て、密かにほくそ笑んでいたユバさんを私は見逃していない。ちょっと恥ずかしいけど、しょうがないよね。

食事が終わりお茶が出され、まったりしたところで、ユバさんが盗賊と人拐いの現状について話してくれた。

まず私が捕らえた二人は、冒険者の人たちが冒険者ギルドに連行してくれて、現在冒険者ギルドと衛兵隊が共同で尋問を行っているらしい。

それから、この街での人拐いの現状についても教えてくれた。

ユバさんは、戻ってきてから使用人に指示して、最新の情報を集めてくれていた。

それによると、何十人という数の子供たちが行方不明になっているらしい。

多くは街の外で盗賊に襲われてのことらしいが、最近は街中でもいなくなる事例があるそうだ。

全部が全部同じ盗賊団の仕業とは言い切れないが、異常事態であることは間違いないだろう。

ユバさんの予想では、定期的に盗賊が入り込んで、目立たないように拐っているのではないかとのことだ。

ただあくまで予想でしかなく、間違っているかもしれないと付け加えていたけど。

確かに普通に考えれば、盗賊がわざわざ街に入って来て拐うというのはリスクが大きすぎる。この辺は、しっかり調べないといけないだろう。

それはともかく、数多くの子供が拐われているという話を聞いて、心穏やかではいられない。

私は思わず拳を握っていたし、レオナも怒りに身を震わせていた。

サオリーンとアオタンは言わずもがなだ。二人の背後に、般若《はんにゃ》面のような影が見えたのは気のせいだろうか……？

「私の子供たちはもう成人に近い年齢で、この街にはいません。ほっと胸を撫《な》で下ろしてしまったというのが、正直なところです。ですが、一人の親として、子供を拐われた親御さんのことを思うと、いてもたってもいられません」

ユバさんは、唇を噛《か》んだ。

ダルカスさんたちも、爪が食い込むほど拳を握りしめている。

この人たちの中にも、王都に子供を残してきた人が何人もいる。他人事には思えないはずだ。

重苦しい雰囲気の中、ユバさんが続けた。

「それにしても不思議なのです。普通、人を拐うとすれば、労働力となる大人を拐うはず。子供は貴族や豪商の子など特別な場合以外、狙うようなことはないはずです。それなのに何故小さな子供を拐うのか……全く解せません」

「衛兵隊の対応はどうなんですか？」

私は少し気になって訊いてみた。

「もちろん衛兵隊は巡回を強化しています。ただ、盗賊団は神出鬼没で、全く尻尾をつかめていないようです。冒険者ギルドでも討伐依頼は出しているようなんですが、何分情報がほとんどないので、受ける冒険者もやりようがないみたいですね」

「なるほど……今まで被害に遭って、生き残った人は？」

「ほとんどは、その場で殺されていていています。ただ何人かは生き残りがいるのですが、そういう者に限って何も見ていません。おそらく最初の時点で、気絶させられていた者なのでしょう。だからこそ、殺す必要がなく生かされたということなんだと思います」

「でも……あえて生かす必要もないと思うんですけど。何も見られてなかったとしても、殺しちゃった方が口封じとしては確実ですよね？」

レオナがそんな疑問を口にした。

「確かに解せない。……考えられるとすれば……その生き残りが人死にと子供拐いの事実だけを伝え、人々に恐怖を抱かせるとか、そんなところか……」

サオリーンが思案気に首を傾げている。

「うーん、おとぎ話に出てくる悪魔の所業みたい。特定の目的を達成しつつ、ついでに人の心を恐怖で乱す……」

アオタンが言ったその言葉に、私はハッとした。

もしかして……本当に、恐怖を振りまいている？

でも、子供を拐うのは何故？

いや……まさか……悪魔や悪魔崇拝者とかは、生贄《いけにえ》を求めることがある。

それは、若い女性と相場が決まっているが……小さな子供だったりする場合もあるよね？

実際にそんな悪魔崇拝者の所業が語られている英雄譚とかもあった気がするし。

でもまさかね……。

杞憂《きゆう》ならいいんだけど。

とにかく、一刻も早くなんとかしなければいけないことに変わりはない。

「なんとか、その盗賊団を見つけて、子供たちを助けてあげたいです！」

私は思わず声を上げていた。

「ミーアさん、本当ですか！　この件、力を貸していただけるのですか？」

ユバさんが、期待に満ちた目で確認してきた。

「ええ、もともと拐われた子供たちがいるなら助けたいと思っていましたから！　たとえ時間がかかっても、なんとかするつもりです！」

私は思わず力強く宣言していた。

でもこれは決めていたことだからね。

目の前に助けを求めている人がいるなら、助けるのは当たり前だ。

「ありがとうございます。ミーアさんのようにお強い方が力を貸してくれるなら、なんとかなるかもしれません。私自身に戦う力はありませんが、この『ザッカヤー商会』のユバ、全力でサポートします。好きなだけ我が商会の資材を使ってください。レオナさんが作っている様々な道具の材料となる物も、充実しているはずです。また必要な物があれば、おっしゃっていただければすぐに取り寄せます。それから、お泊まりはこちらをずっと使っていただいて構いません。美味しい食事も用意しますから、気兼ねなく拠点としてください」

ユバさんは、本気で拐われた子供たちを助けたいと思っているようで、熱く捲《まく》し立てた。

本来は、領軍や衛兵隊がやることだと思うが、人任せにはしていられないということだろう。熱い心を持った人だ。

「微力ながら、我らも手伝いましょう」

「うん、もちろんうちもやる！　子供拐うダメ絶対！　悪即斬！　さーち・あんど・ですとろい！」

サオリーンとアオタンも、改めて協力を申し出てくれた。

まぁ私の中では当然のこととして、戦力に入っていたけどね。

それはともかく、アオタン結構物騒なんですけど……まぁ可愛いから許すけどね。

そういえばだけど……確認しておこう。

「あの……サオリーンたちは、何か目的があって旅をしているんじゃないの？　時間がかかるかもしれないけど大丈夫？」

「もちろん目的があっての旅ではあれど、理不尽を放って置くわけにはいかない。

全ての理不尽に抗《あらが》う者、それが孤高の女侍サオリーンです！」

「世の中、何がどう繋がるかが分からない。運命もまた生々流転《せいせいるてん》。子供たちを助けることは、カイティを探すことに繋がるかも」

二人はそう言って、お互いに頷いている。

ていうか、アオタン、ほんとに八歳児だよね？

「誰かを探してるの？」

「うん、カイティ。うちの一つ下の弟だよ」

「行方不明になった息子です。私たちは、息子を探す旅をしているのです。だから子供が拐われている事態は、全くもって人ごとではないのです」

「そうだったんですか。でも寄り道みたいになりますけど、大丈夫なんですか？」

「探すと言っても、あてがあるわけではなく、しらみつぶしに町や村々を訪れているだけの旅です。全てが寄り道みたいなものだから問題ありません」

「カイティは強い子だから大丈夫」

「そうですか……」

まさか生き別れた息子さんを探す旅をしていたとは……。

この場が再び重い空気に包まれた。

「気を遣っていただかなくても大丈夫ですよ。アオタンが言った通り、あの子は強い子です。簡単に命を落とすような子ではありません。我らは、魂の家族。いずれ必ず巡り会えるのです」

逆にサオリーンが私たちに気を遣って、明るく言ってくれた。

アオタンも、うんうんと頷いている。

そして二人は、左手の人差し指に嵌《は》めているお揃《そろ》いの指輪を乾杯するように近づけた。

「これは、カイティがくれた特別な指輪。この指輪を見てると、カイティが生きてるって……なんとなく伝わってくるの」

アオタンが、満面の笑みでそんなことを教えてくれた。

二人とも絶対会えると確信しているんだ。

もちろん早く再会したいんだろうけど、確信があるから落ち着いていられるんだ、きっと。

それに、カイティ君が強い子だというのは、私もなんとなく感じる。
この二人の家族だからね。7歳児でもめっちゃ強いに違いない。
私も会ってみたくなっちゃった。
そして、この二人のために祈ろう。早くカイティ君と再会できることを。
そのためにもまずは、この街で拐われた子供たちを救う！
私は、改めて強く決意した。

3．折れた聖剣のダメージを引き受けたら……。

クラウディアさんとラッシュがオートホースで出発し、一人残った俺は、一つの実験をすることにした。

それは、聖剣についての実験だ。

実は、勇者ジャスティスが使っていた聖剣を拾ってきているのだ。

俺が『大剣者《だいけんじゃ》』で叩《たた》き折ってしまったやつだ。

これから行う実験とは何かと言うと、この壊れた聖剣に対して、俺の『固有スキル』の【献身】を使い、ダメージの半分を引き受けるというものだ。

それで、折れた聖剣がどうなるかを確認するのである。

前に『大剣者』と話をした時に、【献身】が壊れた物を直すことにも使える能力だとしても、実際にどの程度の損傷を修復できるかはやってみないと分からないということになっていた。

折れた剣が折れてない状態になるかどうかは、やってみないと分からないのである。

この折れた聖剣は、ちょうどいい実験素材なのである。

刃毀《はこぼ》れとか剣が傷んでいる程度なら、半分のダメージを引き受けれることで、ある程度良好な状態になるだろう。

だが、折れた剣はかなり微妙だと思う。まぁやってみれば分かることだが。

早速やってみよう！

折れた聖剣を並べ、折れた部分を接合するように両手で挟み込む。

そして【献身】スキルを発動する――。

……ぐぐぅぅぅ、くっ！

一気に俺の【身体力（ＨＰ）】は１になった。

どういうことだ？

剣一本折れたダメージが、こんなに大きいのか？

やはり物品のダメージを、ＨＰに換算する際には、何かの係数が働いていて、大きくなるのかもしれない。

あとは……ものが聖剣だけに、受けたダメージも大きいと換算されている可能性もある。

あるいは……『大剣者』の与えたダメージが大ダメージで、それが影響しているのかもしれない。

つまりは、攻撃力そのものの威力が、聖剣の受けたダメージとして換算されている可能性もある。

例えるなら、十の威力で壊れる物に、百の威力をぶつけたとして、ダメージを十ではなく百で換算してるみたいな感じかもしれない。

『大剣者』にそんな問いを投げてみたが、『大剣者』も現時点では判断できないとのことだった。

サンプルが少な過ぎるから止《や》むを得ないか。

まぁこの件については、これ以上考えてもしょうがないな。

そして俺にとっては、悪いことではない。

どんなに大きなダメージでも、俺はＨＰ１で踏みとどまり命を落とすことはないし、大ダメージを引き受けるほど『献身ポイント』が増える。

そうすれば、また『献身の加護によるガチャ』を行うことができる。

流石にすぐに11回分引ける100，000ポイントは、貯まらないだろうが。

俺は、自分に【光魔法――光の癒《いや》し手】をかけ、すぐに回復する。

【極大自然回復（HP）】スキルが効いているから、少し待てば自然に回復してくるんだが、何があるか分からないからここら辺は手を抜けない。

さて、問題は聖剣がどうなったかだが……恐る恐る手を離してみると……ん、これは……？

微妙な感じだ。

一応くっついてるけど……折れる直前みたいな感じだ。

もしくは、一度折れた剣を無理矢理のり付けしたような感じだ。

そんな微妙な見た目になっている。

だが、ポッキリ折れた物がくっついているのは、すごい。

これは見込みがありそうだ。

俺は、もう一度【献身】スキルを発動する――。

……ぐぐっ。

またもやHPが1になった。

ドンダケのダメージなんだ？

だが……なんとなくの手応《てごた》えのようなものを感じる。

おお、明らかに繋ぎ目と分かっていた場所は、消えて綺麗な状態になっている。

完全に剣としての状態を取り戻した感じだ。

この剣が受けたダメージを１００とすれば、二回の【献身】発動で、75%から80%くらいは回復した筈だ。

ここはもう一度。

俺は【献身】スキルを三度発動した――。

今度は、ＨＰ１にはならなかったが、かなり減った。

これでおそらく90%ぐらい回復したんじゃないだろうか？

ここまできたら、やりきってしまいたい。

もう一度やってみよう！

……結局俺は追加で二回【献身】スキルを発動し、ほぼ完璧な状態に戻した。

というか、戻ってしまったのだ。折れた聖剣が直ってしまったのである！

改めて思うが、【献身】という『固有スキル』は、滅茶苦茶だ。

壊れスキルと言っていいだろう。

この聖剣は、俺が貰ってしまおう。

折れて捨てられていた物を直したんだから問題ないだろう。まぁ折れた原因は俺なのだが。

というか、勇者ジャスティス、あいつが原因だ。だからいいのだ。

聖剣を改めて握り、魔力を流そうと思ったら、何か魔力ではない……生命エネルギーのようなものが、吸い上げられる感覚がする。

そしてなんと……聖剣がうっすら青く光っている。

「マスター、おそらくマスターには、この聖剣の使用適性があります。『光の聖者』の【称号】があるマスターは、聖なる属性の特別な存在。聖剣との相性は抜群に良いと考えられます」

『大剣者』が、そんな指摘をした。

なるほど、そういえば俺には『光の聖者』という【称号】があった。

〝勇者〟の【称号】がなくても、聖剣を使いこなせるということなのか？

俺は、生命エネルギーのようなものを吸い上げられる感覚のままに、任せることにした。

身を委《ゆだ》ねる感じでいると……なんとなく聖剣と一体感が芽生《めば》えてきた。聖剣が自分の腕の延長のように、体の一部のように感じられる。

……ん！

頭の中にイメージが流れ込んできた。

言葉が思い浮かぶ……おそらく発動真言《コマンドワード》だろう。

「聖なる突風《ホーリーブラスト》」

俺が思わず言葉にすると……剣先から砂塵《さじん》が噴出した！

そして……この感覚……イメージで出力が調整できるようだ。

砂塵を絞ると高圧縮になり、まるで俺の【光魔法——太陽光線《ソーラーレイ》】のような感じになった。

砂塵の圧縮光線みたいな感じだ。

威力が高い攻撃として、そして遠距離攻撃として使えそうだ。

ふと思ったが……威力を小さく調整できれば……研磨とかにも使えるかもしれない。

そして逆に攻撃範囲を広げるイメージで膨らませると、砂嵐のようになった。

これは範囲攻撃として、使えそうだ。

「やはり聖剣はすごいな！」

無意識にそんな言葉が口から出てしまった。

「マスター、確かに聖剣は素晴らしい剣ですが、わたくしこと『大剣者』に瞬殺されたことをお忘れなく……」

『大剣者』がそんなこと言った。

瞬殺って……。

というか、『大剣者』さん……面白くない感じの発言なんだけど……。やきもち的なやつか？

魂がないって言ってたから……感情のようなものは、ないんじゃないかと思っていたが、超魔法ＡＩだから、人が持つような感情もあったりするのだろうか？

「もちろん忘れてないよ。『神器級《ゴッズ》』は伊達《だて》じゃない。この聖剣も、『大剣者』が倒して仲間にしたようなもんだから、『大剣者』の子分みたいなもんだな。はは、ははは」

俺がそう言って苦笑いすると、『大剣者』は宙に浮いて、三回ほど左右に揺れた。

なんとなく、嬉しそうな雰囲気が伝わってくる。やはり感情的なものがあるようだ。

それはいいとして……聖剣を握り続けていたら……もう一つ発動真言《コマンドワード》が、浮かんできた。そして使用のイメージも。

俺は、そのイメージのまま、聖剣を地面に突き刺す――。

「聖なる赤土壁《ホーリーロームウォール》」

発動真言《コマンドワード》を唱えると、剣を突き刺した地面の少し向こう側に、大きな土壁が出現した！　まるで土魔法で作る壁のようだ。

これもすごいな。

しかもこの壁……かなり強固だ。ただの土壁ではなく、焼き上げたレンガのような硬さがある。

そして分厚く大きい。

魔物と戦う時の簡易的な戦闘陣地としても使えるだろう。

この機能で、もっと巨大な壁が出せれば……この『魔境台地』に作る予定の外壁が簡単に作れるんだが……。

「マスター、現時点でもかなり聖剣の性能を引き出せているようです。

適性が高くなければ、最初の使用でこれほどの壁は作れないでしょう。

今後の精進により、さらに大きな壁を出現させることも可能と考えます。具体的なイメージ力、注げる魔力量などで、外壁並みのサイズも作成可能かもしれません」

『大剣者』は、俺の心のうちを見透かしたかのように、そんな指摘をしてくれた。

やはり俺のイメージ力を鍛えたり、注げる魔力量が増えれば、巨大な外壁もこの剣で作れるようだ。楽しみだ。

ちなみに、この聖剣に最初に触れた時は、生命エネルギーのようなものが吸い上げられたが、技を発動する時には、普通の魔法道具と同じように魔力を消費する。魔力を吸い上げられる感覚があるのだ。

「マスター、壁の規模を小さくし、硬さを極限までイメージして、もう一度技を発動してもらえますか？」

『大剣者』が今度はそんな要望を出してきたので、その通りにやってみる――。

すると、超高密度な感じの……圧縮された土の壁が出た。最初に出したものよりも、かなり硬そうだ。

「マスター、私を使い、この土壁をレンガサイズに斬ってみてください」

『大剣者』が追加の要望を告げる。

なるほど、『大剣者』の言わんとしてることが、分かった気がする。

言われた通りに、切断する。

うん、これはまさにレンガだ！

「なるほど、この技を使えば、簡単にレンガが作れてしまうわけだ。煉瓦《レンガ》職人いらずってことだな！」

「その通りです。また今後、街の道路を作る時の石畳としても使えます。細かく分けた石を張るデザイン的なものにしても良いですし、この土壁を大きく利用した巨大なパーツを作って、効率的な一枚岩の石畳にしてもいいと思います」

「おお、いいね」

流石『大剣者』だ。良い提案だ。

これはいろいろ使えそうだな。

この壁を大きなサイズで切って組み上げれば、石造りの家もできるだろう。

レンガを積み上げる家もいいが、一枚岩的な感じで石を配置して家が作れれば、建築作業も効率的になる。いいかもしれない。

もちろん、壁が倒れないような工夫は必要だろうけど。

あと……冷静に考えると、レンガにしろ石造りにしろ、接合部分がしっかりできないと脆《もろ》くなるから、やはり職人技みたいなものは必要かもしれない。それに伴う資材も必要だろうし。

そんなことを考えていたら、またイメージが。

そう呟《つぶや》くと、剣先からドロっとした粘土のようなものが飛び出した。

「聖なる粘性泥《ホーリークレイパテ》」

そして、固まった。

これも、攻撃技？

敵をこの泥の粘膜で覆って、固めて拘束するのか？

敵を倒すのではなく、無力化するのに便利そうだ。

そして……これを使えばレンガを積む時のパテとしても利用できる！

何この聖剣、すご過ぎる！

まるで、建築土木関係の職人を集めたような……そんな存在じゃないか！

なんかもう……新たな村人が来てくれた感じだよ！

この聖剣に超魔法ＡＩが搭載されてなくて、話ができないのが寂しいくらいだ。

4．兵士たちの反感と勇者の焦り（勇者サイドストーリー）

王城内の一画、多くの兵士たちがへたりこんでいる。

勇者ジャスティスの命により、『北端魔境』に同行させられていた兵士たちが座り込んでいるのだ。

勇者ジャスティスが追放したヤマトが召集に応じず、出奔したために捕縛命令が出て出動した。だが、勇者ジャスティスはヤマトに完敗、おまけに魔物の群れに襲われて危うく命を落とすような戦いに身を投じることとなった。

勝利の余韻が過ぎ去り、勇者ジャスティスをはじめとした逃げ出した者たちを目の当たりにし、怒りが込み上げるとともに、脱力したという状態である。

魔物に襲われた混乱状態の中で、最初に逃げ出したジャスティスに対する怒りが一番大きいが、それ以上にそんな者を勇者として認定してしまった王国への失望が大きく、脱力し、改めて戦いの疲れが襲ってきている状態なのだった。

「宰相閣下、納得がいきません。あれでもほんとに勇者なのですか？　いの一番に逃げ出すとは。しかも役立たずと追放したヤマト殿に完敗でした。おまけに伝家の宝刀『聖剣カントローム』を破壊されてしまったのです」

特務中隊を率いていた隊長ランドルが、捲し立てる。

報告とも抗議とも取れる隊長の話に、宰相は頭を抱えた。

「すぐに陛下に報告しなければ……。それにしても、勇者が敗北するなんて……。聖剣まで折られて……」

〝勇者選抜レース〟で勝ち抜き正式な勇者と認められた者が、度重なる失態。こんな事態など過去に例を見ない。

宰相は混乱し、大きく動揺していた。

「おい、つべこべうるさいんだよ！　お前らは、俺の指示に従っておけばいいんだよ！」

そこに、不穏な気配を察知した勇者ジャスティスがやって来て、口を挟む。

「勇者殿、ほんとにあなたは勇者なのですか？　何故我々を置いて逃げたのです？」

ランドルが、感情を抑えられず、問い詰めるように言葉を発する。

「馬鹿《ばか》め！　そんなことも分からないのか！　それは俺が勇者だからだ！　俺に万が一のことがあったらどうする？　お前が勇者になれるのか？　お前ら兵士はいくらでも替えが利くが、勇者の替えは利かないんだよ！」

ジャスティスの酷《ひど》い言いように、聞いていた宰相は辟易《へきえき》する。

本人は分かっていないようだが、勇者も替えは利くのである。そのために第二位の勇者候補パーティーが控えているのだから。

ただそんなことを言っても、ジャスティスが激昂《げっこう》するだけなので、宰相は口を閉ざす。

「なんだと！」

ランドルが怒りの声を上げ、周囲にいた兵士たちが一斉にジャスティスを睨む。

「ちっ、お前たち……勇者である俺に、そんな目を向けるのか？　今までは、ろくに目を合わせられなかったくせに」

ジャスティスが激昂する。

「ジャスティス、相変わらず何も分かっていないのね。みんな、あなたが勇者であることに疑問を感じているのよ。それに、勇者に替えは利かないって言うけど、あなたにもしものことがあった時のために、第二位だったパーティーの勇者ジェイスーンがいるんじゃない。だからあなたにも、替えはいるのよ！」

勇者パーティーのヒーラー、ユーリシアが冷たく告げる。

自分が言えなかったことを言われた宰相は、驚きつつも、何故か頬が緩んでしまうのだった。

「ユーリシア、お前、公衆の面前で俺を愚弄《ぐろう》するのか⁉」

「愚弄も何も、本当のことを言ってるだけよ」

「今回は、ヤマトの想定外の武装に不意打ちを食らっただけだ。それに魔物の連鎖暴走《スタンピード》なんて想定外だ！　部隊を再編成すればなんの問題もない。ヤマトは今度こそ倒してやる！」

「あら、そう。負けず嫌いなあなたなら、そう言うと思ったけど……」

予想通りの反応に、笑みを浮かべるユーリシア。

「はっきり言って、もうあなたに従軍するつもりはない。他の部隊を当たってくれ！」

会話を聞いていたランドルが吐き捨てる。

「お前、勇者に向かってそんな態度、許されると思ってるのか！　ふん、まぁいいだろう。お前の部隊は、全員クビだ！　次は将軍を連れていく。大隊の編成でいく！」

ジャスティスの言葉を受けて、周りの兵士たちが一斉に立ち上がる。

だがそれを隊長のランドルと宰相が同時に手を広げて、制止する。

ランドルは、自分は処罰されても部下たちにまで累が及ぶのを避けたかった。

宰相としても、精鋭部隊を全員解雇するなんてことは避けたかった。

二人は、これ以上の衝突を望まなかったのだ。

隊長と宰相は、お互いのそんな気持ちを感じ取り、目で合図をして頷き合う。

「我々はこれで失礼する」

ランドルはそう言うと、不満そうな部下たちを促し出て行った。

「宰相閣下、あんなやつの言うことなど真に受ける必要はない。あのクズだったヤマトが、何かのきっかけで特別な剣を手に入れたというだけだ。そう聖剣を折れるほどの剣を。予想外のその力に遅れをとっただけ。もうネタは分かっている。二度とヤマトに遅れをとることはない。悪いのはヤマトだ。やつは、国家反逆罪の大罪人。このまま放置しておくことはできない。俺が改めてヤマトを捕らえにいく。だから、将軍を伴い大隊を連れていくぞ」

ジャスティスは改めて、宰相の説得にかかった。

どうしても名誉を回復しておかなければならないからだ。

「しかし勇者様、大隊の派兵など……」

渋る宰相に、ジャスティスにとっては思わぬ人間から援護射撃が入った。

「宰相閣下、皆勇者ジャスティスの適性に疑問を抱き始めております。このままでは変な評判も広がってしまいますわ。それを払拭《ふっしょく》するためにも、勝利の報が必要でしょう。大隊を動かすことになったとしても。それが国の体裁を保つためでもあります。それから……閣下をはじめ、改めてジャスティスの適性を見極めたいと思っている人もいるでしょう。そのためにも、ちょうど良い機会なのです。勇者ジャスティスと第二位の勇者候補だったジェイスーンを共に向かわせ、共に戦わせればいいのです。ヤマトの捕縛でも、魔物の討伐でも、競わせてみれば良いのです。必ず勇者ジャスティスの方が強いということを証明してくれるはずです……」

ユーリシアは、そう宰相を説得しながら、最後にはジャスティスに対して視線を向けた。

ジャスティスは、「何を考えてるこの女」と内心思いつつも、話を受けるしかなかった。

それを断れば、自分に自信がないと思われるからだ。

いつも通り、自分のペースで話を持っていこうと思ったのに、ユーリシアのせいで調子が狂い、かつ屈辱に近い内容になってしまった。内心憤るジャスティスだった。

宰相はユーリシアに説得され、今回の悲惨な戦果の報告とともに、対策として大隊の派遣を国王に進言することに決めたのだった。

ユーリシアは、密かにほくそ笑んでいた。

「ふふふ、これでまたジャスティスが恥をかくことになる。もう闇落ちはすぐね。早く反転しないかしら。ほんと楽しみだわ」

その愉悦に満ちた呟きを聞いている者は、誰もいなかった。

ユーリシアは、確信していた。

今日の戦いぶりからして、ジャスティスがヤマトに勝てるとは思えない。

もし失敗すれば、その挫折感で完全に闇落ちするだろう。

その仕込みのためにも、予備の勇者であるジェイスーンを同行させ競わせる提案をして、ジャスティスのプライドを傷つけたのだ。

勇者ジャスティスの心は、いつ壊れてもおかしくない、ひび割れたガラスのような状態だった。

5. 里帰りの報告

クラウディアさんがラッシュと共に里帰りしてから二日後の夕方、二人が戻ってきた。もっとかかるかと思ったが、意外に早く戻ってきてくれた。

この感じだと、向こうに滞在していたのは一日程度だろう。

勇者ジャスティスがやってきてから二日経《た》つわけだが、こっちには今のところ新たな動きはない。

俺は、この二日間、ホームとなる『魔境台地』の生態調査を行っていた。

『魔境台地』は、『北端魔境』全体からすればほんの小さな面積だが、それでもかなりの広さがある。

『カントール王国』の王都以上の広さがあるのだ。

全てを探索し尽くしたとは言えないが、それでもいろいろと発見することができた。

植生はかなり豊かで、食べられる野草を数多く見つけた。甘いカブの野草も見つけた。

果樹もいろいろあり、これから実をつけるであろう種類の果樹がいくつもあった。

木苺《きいちご》が群生しているところが何カ所もあり、とても食べきれそうにない量がなっていた。

生態調査をしながら、発見した魔物は全て倒した。この台地にいる魔物は、粗方《あらかた》倒してしまったのではないだろうか。

現れた魔物の種類は、前に『大剣者』が言っていた通り、イノシシ魔物、ウサギ魔物、ネズミ魔物、キツネ魔物が多く、脅威となるような魔物はいなかった。

今の俺にとっては、お肉でしかなかった。そう、またもや大量に肉が確保できてしまったのだ。

それもこれも、『大剣者』が持つ【亜空間収納】のおかげだが。

『聖剣カントローム』も使い込み、自分のイメージするサイズの土壁が出せるようになった。

強度を高めているので、石壁と言っていい頑丈さである。

この石壁を、『大剣者』で適度な大きさにスライスし、石畳として使ってみた。

都市計画に基づいて、メインとなる大通りを作ったのだ。

将来のことを考え、かなり広幅な道になっている。馬車が六台以上すれ違えるほどの広幅である。

「すごい、道ができてる！」

「ほんと！　これヤマト君がやったのよね？」

オートホースで着地するなり、ラッシュとクラウディアさんが驚きの声を上げた。

「二人とも、おかえり」

「先輩ただいまです。会いたかったです！」

「私もなんかこっちが気になっちゃって、早く帰ってきちゃった」

ラッシュとクラウディアさんはそう言いながら、俺に抱きついてきた。

天真爛漫《てんしんらんまん》な美少女と、知的な美女に抱きつかれて……悪い気はしないが、少し心臓に悪い。

ラッシュに至っては、俺の首に抱きついてきているし。

クラウディアさんも、腕に抱きついているとは言え、ふくよかな感触が伝わってくるし……。

二人とも、密着が激しいと思うんだけど。

そんなことを冗談交じりに言えればいいのだが……なかなか言えない。

何故かしばらく抱きつかれて、いいようにぐりぐりされた。

落ち着いたところで、二人が旅立った後に聖剣を直せるか試しにダメージを引き受けたところ、上手くいって聖剣が使えるようになったことを説明した。

その聖剣の能力で、道路を作ったことも説明した。

二人とも口をあんぐりとさせて驚いていた。

ポッキリ折れた聖剣が直っちゃったわけだから、そうなるのも無理はない。

しかもその聖剣の力を引き出して、土魔法使いみたいなことを、もっと言えば土魔法の使い手でもできないようなことを、やってしまったわけなのである。

それからこの二日間で、『魔境台地』のほぼ全域の生態調査を行ったことも報告した。

魔物をほとんど倒してしまったと言ったら、何故か二人とも少し残念そうな表情になっていた。

魔物を倒したいなら、『魔境台地』の周りは魔物だらけなんだから、いくらでもできるんだけど。

『北端魔境』全域の生態を調べたり、魔物を倒すなんていったいいつ終わるか分からないくらい広いんだからね。

◇

俺の報告が終わり、今度は二人からも報告を受けた。

まず行きも帰りも、道中は問題なかったそうだ。

人に気づかれないように、高度を上げて飛行し、高速で飛ばしたらしく、行きはかなり辛《つら》かったようだが、帰りは慣れたと笑っていた。

デワサザーン領に無事に到着して、領主でクラウディアさんの父親のデワサザーン伯爵と再会できたとのことだ。

ラッシュの話では、クラウディアさんを心配していた伯爵は、涙を流して喜んだらしい。

娘を心配する親として当然だろう。だがその当然の涙を流す伯爵は、きっと良い人なのだろう。

クラウディアさんが現状と今後の方針を話した時には、再び泣いていたらしい。

貴族の令嬢であるクラウディアさんが自ら追放され、しかも国を捨て魔境で暮らすなんてことを聞いたら……普通の父親なら卒倒してしまうと思う。よく倒れたり、激昂したりしなかったものだ。

クラウディアさん本人が言っていたが、貴族の令嬢にあるまじき行いは、今に始まったことではないので、お父さんも慣れているのだそうだ。

そうは言っても、伯爵は、ぽろぽろ涙を流しながら、クラウディアさんの話を聞いていたらしい。

これも、ラッシュが教えてくれた。

軍籍を持つ『勇者選定機構』で働くことは、確かに、貴族の令嬢にあるまじき行いだが、国を捨て魔境で暮らすというのは、そんな程度の話ではなく、次元の違う話だと思う。慣れるとかいう話ではないと思うんだよね。

俺は密かに、伯爵に同情してしまった。

クラウディアさんには、お兄さん二人と妹さんがいて、父親の伯爵と共に考え直すように説得されたらしい。最初はかなり必死に説得されたようだ。

そんな中、クラウディアさんの意見を尊重するように家族を説得してくれたのが、母親の伯爵夫人だったらしい。なかなかに豪胆なお母さんのようだ。

多分クラウディアさんは、お母さんに似たのではないだろうか……？

お母さんの説得のおかげで、一応、了承されたみたいだ。

ふと疑問に思ったが、娘が国を出奔したら伯爵の立場として、まずいんじゃないだろうか？

そんなことをクラウディアさんに尋ねてみたが……心配ないとのことだった。

デワサザーン伯爵は、それなりに力のある貴族で、領主の中でも一目置かれる存在らしい。

それゆえに国としても、下手な対応はしないだろうとのことだ。

それに、もとはと言えば、勇者ジャスティスが一方的に追放したのである。

国としては、上位貴族しかも領主の令嬢を碌《ろく》な詮議もせずに追放したのだから、伯爵を咎《とが》めるどころか、十分な釈明が必要という状況とのことだ。

まぁ言われてみれば、そうかもしれない。

それからクラウディアさんは、新たに『魔法カバン』を渡され、大量の食料や資材を貰ってきたのだそうだ。

当面の食料や、暮らすのに必要な家具や様々な道具が貰えたらしい。

念願のトイレに使う便座も、確保できたとのことだ。これは嬉しい！

そして、渡された物資が多くて、『魔法カバン』に入りきらなくなったらしく、急遽《きゅうきょ》、『空間拡張バッグ』という物を貰って、なんとか収納したらしい。

実は、二人が帰ってきた時に気になっていたのだが、ラッシュが背中にドデカいリュックを背負っていたのだ。それが『空間拡張バッグ』だったようだ。

『空間拡張バッグ』は、空間を拡張する特別な術式が組み込んである『魔法道具《マジックアイテム》』で、バッグの中の空間は、見た目の五倍ほどの空間に拡張されているらしい。

『魔法カバン』とどう違うのか、分からなかったのだが……クラウディアさんが解説してくれた。

それによれば、『魔法カバン』は、専用の亜空間に『魔法カバン』が紐付《ひもづ》けされていて、その亜空間に物が収納されるのだそうだ。

そしてその亜空間の中では、時間は非常に緩やかに進むのだそうだ。

それ故、腐りやすい食料を保存しても、よほど長期間でない限り腐らずに収納しておくことができるのである。

ちなみに『大剣者』が持っている【亜空間収納】も、専用の亜空間に収納するものであり、時間の経過も同様に緩やかなので、今ストックしてある大量の魔物の肉が腐るという心配は、ほぼないだろう。

『大剣者』ははっきり言わないが、【亜空間収納】内の時間はほぼ止まっているような気がする。

通常の『魔法カバン』よりも、時間の経過が遅い気がするんだよね。

それから普通の『魔法カバン』は、収納できる容量に当然限界があるのだが、『大剣者』の【亜空間収納】は無限に近い収納容量なので、かなり高機能と言えるだろう。

『魔法カバン』にも通常のアイテムと同様、『階級』があって、『階級』が高いほど収納容量が多い。

普通に販売されて出回っているのは、『下級《イージー》』か『中級《ミドル》』の魔法カバンである。

『下級《イージー》』の『魔法カバン』でも、大型倉庫くらいの収納容量があるので、かなりの量が入る。

取引価格も、何千万ゴルという単位のようだ。大貴族でも、それほど多く所有できるような代物ではない。

この専用の亜空間に収納するという『魔法カバン』に対し、『空間拡張バッグ』は、亜空間ではなく、現空間……つまりカバンの中の空間の大きさを、拡張するというものらしい。

バッグの中が、見た目よりも広いというだけに過ぎないとも言える。

したがって、時間の経過も全く変わらないし、中で収納物同士が擦《こす》れたりぶつかったりということも、当然起きるのだそうだ。

それと、重量を軽減する術式も組んであるそうだ。

まぁ当然だろう。これがなければ、背負うことはできないだろうからね。

端的に言うと、収納容量や時間の経過など、『魔法カバン』の方が段違いに優秀と言える。

ただ、この現空間を拡張するという術式の魔法道具は、今の時代では、非常に貴重な物らしい。

『魔法カバン』よりも珍しく、希少価値はあるのだそうだ。

『魔法カバン』の方が性能が良いわけなので、『空間拡張バッグ』を求める人はほとんどいないわけだが、一部のコレクターアイテムになっているらしい。

今回貰ってきた『空間拡張バッグ』は、デワサザーン伯爵家に代々伝わっていた物だが、現在の伯爵は愛着がなく気軽にくれたのだそうだ。

『魔法カバン』も、まだ伯爵家にはあったようで、それも持っていけと言われたらしいのだが、クラウディアさんは固辞したそうだ。

既にクラウディアさんは魔法カバンを一つ持っていたし、今回の里帰りで追加で一つ貰えたので、それ以上は申し訳ないからと遠慮したらしい。

王都にある伯爵邸でも、仲間になる予定の魔法使いのイリーナとヒーラーのフランソワが、魔法カバンを譲り受ける予定でいる。

確かに、これ以上貰うのは心苦しいだろう。

クラウディアさんは、残りの資材の量から考えても、『空間拡張バッグ』で十分と考え、そっちを貰えないかと提案したらしい。

そんなわけで、逆に珍しいバッグが手に入ったということのようだ。

小柄なラッシュが、自分の上半身と同じくらいの大きさのバッグを背負っている姿は、とても可愛い感じだったのだが、よくよく考えると五倍の物量が入った重いリュックを背負っていたことになる。

いくら重量が軽減されていると言っても、かなりの重量なのは間違いない。改めてラッシュの力持ちさ加減に驚いてしまった。

勇者候補パーティーのサポート部隊だった時から、重い物を持って頑張っていたが、ここでレベルが上がってからは、尚更《なおさら》力もついている。小さな力持ちなのだ。

それから、目的の伝書鳩の魔法道具も一つ貸し出してもらえたようで、喜んでいた。

これにより今後は、クラウディアさんの実家と手紙や小さな荷物のやりとりができるようになる。

まぁ伯爵としても、大事な娘と確実に連絡が取れる手段だから、頼まれるまでもなく渡すつもりでいたようだ。

短いとは言え丸一日ぐらいは滞在できたので、今後のことを含め、いろんな話をすることができたようで、クラウディアさんの表情が明るい。

俺にとっては、それが一番良いことだ。

「途中から、伯爵をはじめ家族の皆さんがヤマト先輩のことばっかり訊くんですよ。みんな興味津々って感じでした」

ラッシュが、嬉しそうに俺の顔を見る。

「そうね。魔境で暮らすことが安全だと納得してもらうために、ある程度はヤマト君のすごさを話しちゃったのよね。だから、より興味を持たれちゃって」

クラウディアさんも、何故か嬉しそうに俺を見る。

「勇者ジャスティスの聖剣を折っちゃった話とか、肩を撃ち抜いた話とか、みんなすごい食い付きでした！」

ラッシュが身振りをしながら、声を弾ませる。

……そんなことを話してきたのか……。

「魔物の群れを瞬殺した話も、驚いていたわ。その話が本当なら、確かに暮らせるかもしれないと言ってくれたから、話した意味はあったけど」

クラウディアさんも、茶目っ気たっぷりにそんなことを言う。

何か……話が盛られているような気がしてしょうがないが……。

「本当は、一緒に来てヤマト君に会いたいって言われたんだけど、流石にオートホースに三人乗るのはきついし、我慢してもらったの」

確かに親としては、どんな環境なのか確認したいだろう。

そう考えると、本当は俺から挨拶に行くべきだったんだよな。大事な娘さんを、こんな魔境に任せちゃうんだから。

まぁ状況的に、俺がここを離れるわけにはいかなかったから、しょうがないんだけど。

いずれ機会があれば、ちゃんと挨拶をしないといけないな。

◇

俺は、デワサザーン領についても少し尋ねた。

海に面していて、海産資源が豊富らしい。

そして、山の資源も豊富だし、農業が発達していて、人々は豊かに暮らしているとのことだ。

『領都デワサザーン』は海に面した都市で、豊かな街並みと、人々の活気で溢《あふ》れた素晴らしい場所だと、ラッシュが感動していた。

クラウディアさんによれば、海があり、山があり、そして広大な農地もあるという最善の場所に領都があることから、豊かで税収も多いのだそうだ。

そんなこともあり、領政は安定し、上手くいっているとのことだ。

話を聞く限り、生活に必要となる物資のほとんどは、デワサザーン領で調達が可能みたいだ。

今回は、一方的にクラウディアさんが支援してもらったわけだが、できれば今後は取引をする形になればいいと思っている。

もっとも、俺は完全に『カントール王国』のお尋ね者だから、表立った取引はできないだろうけど。

デワサザーン伯爵家は、武勇の誉《ほまれ》の高い家柄で、王都の貴族たちの間では、『北の荒鷲《あらわし》』と呼ばれているのだそうだ。

何百年か前に立てた功績によって、独自の騎士団を持つことを許されているらしい。

独自の騎士団を持つことを許された領主家は、三家しかないそうだ。

騎士団というのは、衛兵や領軍とは別格の存在で、武勇を認められたエリートの集団なのだ。

騎士団を持っていること自体、強力な戦力を保持しているということになり、各領主は勝手に騎士団を創設することは禁じられている。

国が認めた領主のみ持つことが許される特別な存在で、武勇の象徴なのである。

デワサザーン伯爵家では、その騎士団を何百年も維持してきたわけだ。『荒鷲騎士団』という名前らしい。

ちなみに当然のことながら、王国軍の中にもエリート集団として騎士団が存在している。

王家を守る『近衛騎士団』、そして戦時には先頭に立って敵を倒す精鋭『王国聖騎士団』だ。

騎士団は、精鋭の集まりなので、最大規模の『王国聖騎士団』でも、三百人規模である。

ちなみに、デワサザーン領の『荒鷲騎士団』は、五〇人から百人規模で、現在は約六十人で組織されているとのことだ。

精鋭主義を貫いているので、本当に実力のある者しか入団が認められないそうだ。

改めて考えると……デワサザーン伯爵家って、本当に力のある領主家なんだな。『カントール王国』には、王国軍に二つと領主家の中で認められた三つの合計五つの騎士団しかないのに、その一つを保有しているんだからな。

それから最後に報告があったのは、〃勇者選抜レース〃で第三位となった勇者候補パーティーの勇者候補ミーアさんについてだった。

デワサザーン領出身で、クラウディアさんの予想では故郷に戻ってくるだろうとのことだったが、まだ到着していなかったそうだ。

戻ってくれれば、関所を通過する時に確認が取れるので、連絡をくれるように伯爵に頼んできたとのことだ。

ミーアさんは、デワサザーン領の沖合にある『トブシマー』という島の出身なのだそうだ。

『トブシマー』は、古《いにしえ》の海洋民族の末裔《まつえい》が住む島と伝えられているらしい。

古の海洋民族というのは、西にある大陸で栄えた古代魔法機械文明の末裔とも言われている存在である。

その古代魔法機械文明は、約二千七百年前に滅んだとされている。

その破滅をなんとか生き延び、大型船を建造し洋上で暮らしていたとされる古の海洋民族は、高度な魔法道具製造技術を有していたと言われている。

この国で有名な英雄譚の一つである『海賊女王と無敵艦隊』に出てくる無敵艦隊を海賊女王に授けたのも、古の海洋民族ではないかとされているのだ。詳しくは、分かってはいないわけだが。

古の海洋民族の存在自体、不確定なことが多く、多くの研究者のロマンを掻き立てる謎とされている。

古の海洋民族の話は、この国では比較的有名なので、俺もある程度のことは知っていたが、詳しくはクラウディアさんが教えてくれた。

やはり古代魔法機械文明、そして古の海洋民族というのはロマンを掻き立てられる。

できれば一度、『トブシマー』に行ってみたいものだ。

6．救出作戦

『ザッカヤー商会』のユバさんのお屋敷にお世話になって、今日で三日目だ。

私たちは、必死で子供を拐う盗賊団の情報を集めているが、未だアジトを特定できるような情報は取得できていない。

私が拘束した二人の盗賊は、厳しい尋問を受けているようだが、未だ口を割らないらしい。

この件で、領都から強制的に情報を引き出すスキルを持つ者が派遣されることになったそうだが、まだ到着していないそうだ。

サオリーンとアオタンは、毎日街の外に出ては森や山を探索している。

普通なら、そんな闇雲な探索でアジトが発見できるとは思えないが、彼女たちなら発見してしまいそうな気になってしまうから不思議だ。実は結構期待していたりするのは内緒だ。

私は、街での情報収集を中心に行い、合間の時間で鍛錬を行っている。

レオナは、得意の投擲《とうてき》武器の製造に掛かりっきりだ。

もし大規模な盗賊団だった場合、彼女が作る武器が大活躍する可能性もある。レオナもそう思っているので必死なのだ。

必死に製造しているのには実はもう一つ理由があって、それは高威力の投擲武器のレシピが手に入ったから。

なんと、アオタン秘蔵のレシピを教えてもらえたのだ。

出会ったあの日の夜、〝友達の印〟と言って、くれたのである。

アオタンが乗っている乳母車は、『魔導乳母車』という特別な物で、様々な武器が内蔵されているという超兵器でもあったのだ。

どういう経緯で『魔導乳母車』を手に入れたのかについては聞いていないけど、その『魔導乳母車』に内蔵されていたオプション兵器のレシピの一つらしい。

いろいろ話した中で、レオナが自作で投擲爆弾などを作っていると知ったアオタンが「ぴったりの武器がある！」と言って、まるでお菓子でもくれるように渡してきたのだ。

ほんとに貰っていいのかとサオリーンにも確認したけど、全く問題ないとのことだった。アオタンは作り方を覚えてしまっているので、特に支障はないらしい。

アオタンは、『魔導乳母車』のメンテナンスを自分でやっていることもあり、同じような趣向のレオナを気に入って、力になりたいのだろうとサオリーンが言っていた。

「絶対無敵の『魔導乳母車』は、常に進化している！」とアオタンは胸を張っていたけど、実際相当な技術力を持っているんだと思う。

それに話を聞く限り……どう見てもあの『魔導乳母車』は、国宝級の魔法道具だと思う。見た目は、ただの木箱型の乳母車なんだけどね。

様々な隠し武器が搭載されているらしいけど、それとは別に乗り手であるアオタンが投擲する武器のレシピも内蔵されているのだそうだ。

そのうちの一つを譲ってもらったわけだ。

そのレシピは、『魔法手榴弾《しゅりゅうだん》』という投擲武器のレシピで、レオナが作っている投擲爆弾を高威力にしたものだった。

そんなこともあり、一瞬遠慮したレオナだったけど、大喜びでレシピを貰っていた。

ただ、そんな高価なレシピをただで貰うわけにはいかないので、多めに作ってアオタン用に渡すことで謝礼とさせてもらった。

お金で払おうとも思ったのだが、要らないと言われたことと、私たち自身があまりお金を持っていなかったので、生産物でお返しするという形にさせてもらったのだ。

『魔導手榴弾』は、『爆裂魔術』という特別な魔術の魔術式を刻み込むようで、着弾すると爆発が起きるのだ。

レオナがいつも作っている投擲爆弾とは、全く違う原理のものだ。

『爆裂魔術』を使っていることで、威力が段違いになるようだ。

いずれにしろレオナにとっては、相性抜群のアイテムだ。

それに、この強力な投擲武器が量産できれば、ダルカスさんたちもまた戦えるだろう。みんな大喜びするに違いない。

それもあるから、レオナはせっせと数を作っている。

ダルカスさんたちも、レオナの手伝いをしている。

気分転換も兼ねて、時々はレオナもダルカスさんたちも、私の稽古に参加したりしているけどね。

やる気全開のおじさんパワーに圧倒されていたりするのは、内緒だ。

◇

そして夕方、ついに朗報がもたらされた。

なんと、私の密かな期待通りサオリーンとアオタンがやってくれたのだ。そう、盗賊のアジトを見つけたのである。

街道から大きく離れた山の中腹に洞窟があって、そこがアジトだったらしい。かなりの数の気配があったから、大規模なアジトだろうとのことだ。

恐らく、子供たちもそこに囚《とら》われているのだろう。

サオリーンたちは、二人で斬り込もうかとも思ったらしいのだが、子供たちの安全を第一に考え、一旦戻ってきたのだそうだ。

確かにいくらサオリーンたちが強くても、数が多ければ子供たちを人質に取られる可能性もあるからね。冷静な判断をしてくれてありがたい。

正直サオリーンとアオタンなら、一刻も早く子供を助けると言って突っ込んでも不思議じゃない。むしろ戻ってきてくれたのが意外だと思ってしまったのは、内緒だ。

そして今は、作戦会議の最中だ。

「では、こういうことでよろしいですか――」

最後にユバさんがまとめてくれる。

私たちの作戦というか役割分担は、ざっくりと言うとこうなる。

情報が漏れたり気づかれることを避けるために、敢えて衛兵や冒険者には頼らない。

私、レオナ、サオリーン、アオタンの四人と、ダルカスさんたち十人の計十四人で救出にあたる。

少数精鋭での電撃作戦だ。

ユバさんは、部下を使って状況確認をして、場合により衛兵隊に応援要請を出す。

この作戦とも言えない作戦に、私たちは皆納得しているが、ユバさんだけは微妙な表情をしている。

「皆さん、本当に皆さんだけにお任せしてよろしいのでしょうか？　この街のことなのに……申し訳ない気持ちでいっぱいですし、もし皆さんに何かあれば……」

なんとも言えない困った顔のユバさんの言葉を遮るように、私は言葉を発した。

「大丈夫ですよ。優先すべきは子供たちの安全です。万が一にも盗賊に気づかれないように、少数精鋭が最善だと思います」

そう言って仲間たちを見ると、みんな首肯してくれた。

何故か私がリーダーみたいになっちゃったけど、まぁいいよね。

今はとにかく子供たちを助けることが優先だ。

◇

翌朝、まだ薄暗いうちから私たちは出発した。

本来ならこの時間は門が閉じられているのだが、私たちは門が閉じられる前に、つまりは昨夜のうちに外に出て、野営をしていたのだ。

盗賊たちに気づかれず、かつ効果的に襲撃をかけるのは、この時間が良いとの判断である。

「盗賊という輩《やから》は、毎夜酒盛りして朝方は寝入っていると相場が決まっている」と言うサオリーンの主張が通った結果でもある。


少し距離はあったが、無事に山の中腹にたどり着いた。

開けた場所があり、奥に洞窟の入り口がある。

こんなところにアジトがあるなんて……普通では発見できないだろう。

よくこんなところに作ったものだ。たまたま天然の洞窟を発見したのだろうか？

そしてサオリーンたち……よく見つけられたなぁ。

女侍と幼女忍者の勘だろうか？　恐るべき母娘《おやこ》だ。

洞窟の中から音は聞こえない。寝静まっているようだ。

入り口には番人と思《おぼ》しき二人の男がいるが、座り込んでいて居眠りしている。

まぁここを見つけて襲ってくるなんて、普通には考えられないだろうから、ほとんど警戒心もないのだろう。

救出作戦は、こうだ。

突破力があるサオリーンとアオタンが乳母車で先行し、遭遇する敵を殲滅《せんめつ》する。

私とレオナで、その後をついていきフォローする。

具体的には、途中に小部屋などがある場合確認するというものだ。

ダルカスさんたちは、洞窟の外の広場の外周部分に潜んで待機し、状況に応じて子供たち救出の手助けに入る。

……はっきり言って、ただの力押しで作戦と言っていいものではない。そう思いつつ、若干微妙な気持ちでいるのは内緒だ。

でも敵の寝込みを襲い、力業で殲滅する……この電撃作戦が現時点での最善だと思う。

短時間で制圧するというのが、子供たちの安全にとって大事なのだ。

◇

そして、いざ突入開始――。

乳母車の中のアオタンがクナイを構え、それを押すサオリーンが加速する。

追走する私とレオナ。

居眠り中の番人二人は、アオタンのクナイが脳天に刺さりそのまま永遠の眠りについた。

そして乳母車は洞窟に突入する。

普通なら音を立てるはずだが、ほとんど無音だ。

『魔導乳母車』だけに、隠密に優れた特殊機能があるのかもしれない。

洞窟の中は一本道だが、途中左右の壁に扉が取り付けてあったので、レオナに合図を送り、私が確認することにした。

何かの部屋が作ってあるようだ。

確認すると、一つの部屋は空で、もう一つは部屋は保存食を中心とした食料品が置いてあった。

備蓄用の部屋なのだろう。

とりあえずここは放置でいいね。

私はサオリーンたちの後を追い、すぐに追いついたが既に盗賊たちは殲滅されていた。

広い場所があって、そこでほとんどの者が飲んだくれて寝ていたようだ。

一部別の部屋で寝ていた者がいたようだが、そこも既に制圧済みだった。

そして、さらに奥に進むと……突き当たりには、鉄格子が付いた大きな牢屋《ろうや》のようなものがあった。

なんてこと……。

そこには多くの子供たちが囚われていた。……二十人以上はいる。

みんな痩《や》せこけ、服が汚れ、ボロボロだ。アザだらけの子もいる。

見た瞬間、私の感情は振り切れそうになった。

許せない！　今からでも、たとえ死体でも、この盗賊たちを斬り刻みたい、そんな激しい感情が渦巻いてしまった。

レオナは唇を噛み締め、血を流している。

サオリーンとアオタンも、怒りに全身を震わせている。その背後には、またも般若面が見えた気がした。

そんな仲間たちの様子を確認したことで、私はなんとか冷静な気持ちを取り戻すことができた。

「みんな大丈夫？　助けにきたから、もう大丈夫だよ！」

私は駆け寄って声をかける。

同時にサオリーンが抜刀して牢の扉を斬り裂いた。

子供たちは一瞬ポカンとしたけど、助かったのだと分かったらしく一斉に泣き出した。

私は泣きながら中に入り、子供たちを抱きしめた。

レオナも、サオリーンも、アオタンも、みんな泣きながら子供たちを抱きしめた。

子供たちが少し落ち着いたのを見計らって、牢から出して洞窟を出た。

合図を送るとダルカスさんたちが駆け寄ってきた。

みんな、子供たちの姿を見て、そのボロボロな姿を見て、一瞬足を止めたが、わんわん泣きながら走り寄って子供たちを抱きしめた。

「もう大丈夫だよ」と優しい言葉をかけながら、強く優しく抱きしめている。

子供たちは再びの大泣きだが、しょうがないよね。

私もまた大泣きしちゃったけど、しょうがないよね。

そしてまた、盗賊たちに対する怒りが湧き上がっちゃったけど、しょうがないよね。

このやり場のない怒り、どうしてくれようと身を震わせていたその時――。

「おいおい、何してくれちゃってんだよ？　ちょっと仕事を済ませに出てたらこれだよ。なんなんだよこれ？」

声がして上空を見上げると……昇り始めた陽光に照らされた男がいた。

巨躯《きょく》の男が、宙に浮いている。

「あれって、『浮きフクロウ』だよ！　『浮きフクロウ』につかまって空中を移動してるんだ！」

レオナが、そんな驚きの声を上げた。

『浮きフクロウ』……確かにそうだ。

男は腕を伸ばして、上にある丸い球体の足につかまっている。

『浮きフクロウ』は、直径一メートルくらいの球体の体をしたフクロウで、翼で飛ぶのではなく浮遊して空中を移動するという極めて珍しい生物だ。

出会うこと自体が難しい希少な生物なのだが、魔物ではないので、極稀《ごくまれ》にテイムができると聞いたことがある。

テイムできれば、騎乗生物として活用することも可能と言われている。

まぁ実際は、乗るのではなくて足にぶら下がって移動するわけだけど。

それはともかく……この男は、口ぶりからすると、この盗賊団の頭目の可能性が高い。

「おぬし、よもやこの盗賊団の頭目ではあるまいな？」

サオリーンも同じことを考えたようで、早速問いただしてくれた。

「あーそうだけど、何か？　というかさぁ、お前ら何してくれちゃってんだよ？　こっちは夜のお仕事帰りで、機嫌が悪いんだよ。捕まった馬鹿な手下を始末しに街まで行かなきゃいけなかったし。面倒くさいったらないっつうの。そんで帰ってきたら全滅……？　ふん、まぁどうせ使い潰《つぶ》す気でいたから、いいけどさぁ……。よいっと――」

男はそう言うと、『浮きフクロウ』の足を離し降りてきた。

ドスンという衝撃音を立てて着地したが、全くダメージはないようだ。それだけでこの男が、強者であることが分かる。

そして、この男はやはり盗賊団の頭目だった。

訳の分からない、ふざけたことをほざいていたが、このタイミングで現れてくれたことだけは、褒めてやってもいい。

一番罪深き頭目を逃さずに済んだし、怒りをぶちまけることができる！

みんなもそう考えたようで、私と同じように武器を構えた。

それに呼応するように頭目は、背負っていた二つの棒状の何かを肩口から引き抜いた。

これは……特殊な形の棍棒《こんぼう》。

この形状は見たことがある。

おとぎ話の中に出てくる『鬼族』という巨人族が使っている特殊な武器だ。

太鼓のバチを長く太く伸ばした形状に、凶悪な突起がいくつも付いている。

それを両手で構えている。棍棒二刀流か。

「ヒャッハァー！　こうなったら楽しむしかねぇな。俺ってやっぱ持ってるなぁ。逃げられるギリギリのタイミングで来れちゃうなんてよー、ヒャッハァー！　それによー……ある意味好都合だったなぁ。助かったと希望を抱いた後に、絶望を味わう子供たち。ヒュー、これは上質だー！　青賢人様も、あのお方も喜ぶだろう。そして……ふさわしき者が、召喚に応じてくれるだろう。ヒャッハァー！」

頭目は、また訳の分からないことを一人語りしながら、悦に入っている。

なんなのこいつ、気持ち悪い！

でも情報は訊き出さないと。

「あなたは、何を企《たくら》んでいるのです？」

「はぁ？　そんなこと答えるわけないだろ！」

「よもや……何か邪悪なものを召喚するつもりなのか？」

今度はサオリーンが問う。

確かに、口ぶりからして、そんな恐ろしいことを企んでいそうだ。

「さぁて、どうかなぁ？　まぁ、一つだけ教えてやるか。そのガキたちは……召喚の生贄だ。そして……お前たちも追加の生贄だ！　ヒューヒュー、喜びの涙を流していいぞ！」

「ふざけたことを！　許せん、成敗する！」

サオリーンが激昂し、抜刀した。


——ガキンッ。


え、サオリーンの渾身《こんしん》の抜刀が弾《はじ》かれた。

「ヒャッハァー！　なかなかいい腕してるじゃないか。でもやれるかな？　俺はここにいた雑魚《ざこ》の盗賊どもとは違うぞ。我が『青の盗賊団』は、その実、俺そのもの。つまり俺一人で盗賊団なのだ！　他の者たちは使い捨ての雑用係に過ぎない。分かりやすく言やぁ、この俺一人で〝団〟と名乗れるほどの、何十人にも匹敵するほどの強さを持っているということだ！　どうだ？　お前たちに倒せるかな？　さあ、絶望して死にさらせぇぇぇ！」

「絶対に倒す！　私の全身全霊をもって叩き潰す！」

私は思わず叫んでいた。

心の底から怒りが込み上げてくる。

無垢《むく》な子供たちを拐い、ガキと呼び、物のように扱い、何かを召喚するための生贄にするという。

絶対に許せない！

「バスタァァァスラッシュ！」

渾身の槍技を叩き込んだ。


——ガキンッ。


くぅ、私の技も弾かれた。

こいつ……やっぱり強い。

技量も高いし、何よりあの特殊棍棒が強固だ。まともに打ち合ったら、こちらの武器が破壊されてしまうかもしれない。

「母、みんな、こいつのレベル53。強敵だよ」

アオタンが、『色眼鏡』の魔法道具を使ったようだ。

レベル53……今の私よりも10もレベルが上だ。

だけど、負けるわけにはいかない。

「ヒャッハァー、そうだぁ忘れてた。お前たちに、もう一ついいことを教えてやるぞ。早く俺を倒さないと、大変なことが起こるぞー！　いやー、突然のことに、もう一つお仕事してきたのを忘れてたんだよー。特別にそれを教えてあげちゃおう！」

――カキンッ、カキンッ。

――バンッ。

悦に入って、一人語りを続けようとしていた頭目に耐えられなかったようで、アオタンとレオナが攻撃を仕掛けた。

アオタンがクナイを投げ、レオナは投擲爆弾を投げた。

だが、これもあっさり防がれてしまった。

「おいおいおい、人の話を聞けよー。面白いことを教えてやるんだからさぁ。聞かないと大変なことになるから、よーく聞いといた方がいいぞー！　そして絶望した方がいいぞー！　街まで行って捕まった馬鹿な手下を処分したのは、ついでだ。本命は、その後に取り掛かったことだよ。ヒャッハァー！　これを使ったんだ。どうだいいだろう？」

頭目はそう言いながら、自慢げに小さな筒状の物を取り出した。

あれは笛？

「ふふーん、これは『魔呼びの笛』だ。知ってるか？　これを吹くと、周辺の魔物が集まってくるんだよ。俺は、そーっと静かにちょっとずつ吹きながら、ここまで戻ってきた。なんでかって？　子供たちを襲わせて、恐怖と絶望に染め上げるためだよ。あぁただすぐには魔物に殺させないよー。すぐに死んじゃったら、質の良い怨念が取れないからね。恐怖と絶望に染め上げられながら、ゆっくり死んでいく……それでこその上質さなんだよ。それを突き詰めるためにわざわざ無垢な子供を選んでるんだから、すぐ殺すなんてもったいないことはしないんだよー。

魔物が押し寄せてくるのに、どうやってゆっくり殺すかだって？　ふふーん、この辺にいるのは弱い魔物ばかりだからね。子供たちを広場に集め、その周りで手下たちに魔物の相手をさせるつもりでいたのさ。適度に戦いながら、そのうち死んでいくだろう。そんな姿を目の前で見ている子供たちは……次は自分の番だと怯《おび》え、恐怖し、最高の絶望に染まるというわけだ。そして……死に、最高の怨念を回収する。

そしてそれを生贄にして……クックククック。すごく良い作戦だと思わないかい！　俺って天才だよな。まぁ、手下を使う作戦は、お前たちのせいで潰れちまったが。でもそれはいいんだよ、お前たちがその代わりになればいいからな。結局なんの問題もなしだ！　俺ってやっぱ持ってるな！　ヒャッハァー！」

「貴様《きさま》、何を言っている！　子供を手にかけるばかりか、仲間まで使い捨ての駒とするとは……まさに鬼畜の所業！　人の心を持たざる悪鬼め、今すぐ成敗してくれる！」

サオリーンが激昂した。

そして、抜刀し斬りかかった。

私も加勢する。

サオリーンの目にも留まらぬ斬撃と、私の渾身の突きの連続攻撃――奴は、それをも見切り、棍棒で弾く。

くぅ……やはり簡単にはいかないか。

そんな中、一瞬視界に跳ね上がるレオナの姿が映った。

私は、頭目と一度間合いを空ける。

視線をレオナが跳び上がった方向に向ける。

なんで？

レオナは、空中で静止していた『浮きフクロウ』に跳びついていた。

いったいどうして？

あれは……！　足輪を外している。

あ、なるほど。

『浮きフクロウ』は、あの足輪で無理矢理隷属させられていたんだ。

レオナはそれに気づいて、外してあげたのか。

このことに気づいたこともすごいし、あんなに高くジャンプしたこともすごいし、空中でつかまって足輪を外しちゃったこともすごい！

やっぱレオナって、すごいな。もう〝すごい〟って言葉しか出てこない。

そして今度は、『浮きフクロウ』の体に手を回して抱きしめている。

え！　『浮きフクロウ』が一瞬光ったような？

……なんかレオナが話しかけている。

あれ……これってもしかして……やっぱりだ！

レオナに力を貸してくれるみたい。

レオナが、頭目がそうしていたように『浮きフクロウ』の足にぶら下がった。

そしてこっちに移動してくる。

「みんな！　一旦距離を取って！」

レオナの声が降りてくる。

それに気づいたサオリーンとアオタンが、頭目から距離を取る。

もちろん私もだ。

するとレオナは、空中から頭目に向かって『魔導手榴弾』を投げつけた！

片手で『浮きフクロウ』の足をつかみながら、もう一方の手で雨あられのように投げつけた！

『魔導手榴弾』は、投擲爆弾とは威力が段違いなので、躱《かわ》しても地面で爆発を起こし、大地を抉《えぐ》り土や小石を爆散させる。

これには、頭目も避けようがなく、地面を転がった。

そして、直撃の致命傷は避けても、細かいダメージを受け続けている。

今がチャンスだ！

「連撃怒涛《れんげきどとう》！」

私は、迷宮でバッファロー魔物を倒した時の必殺技を繰り出した！

あの時に初めて成功した大技、それを今また放つことができた！

その狙いは頭目ではない。あいつの特殊棍棒だ！


——ドスッ。

——バリ、バリバリ、バリンッ。

よし！　荒波のように渦巻く渾身の突きが棍棒に当たり、見事に粉砕した！

そして、私と連携するようにサオリーンが動いていた。

「抜刀！　刺突！」

なんと、抜刀からの突きを放った。

抜き放った刀をそのまままっすぐ前に向け、一点に集中する攻撃だ。

その一点とは、もう一つの棍棒。

バンッという破裂するような音とともに、棍棒が粉々になった。

サオリーンも武器を狙った攻撃を放ったのだ。

これで頭目は、二本とも棍棒を失った。

そして、呆気《あっけ》に取られたような顔をして、動きを止めている。

「我が身既にミスリルなり、我が心既に空なり、天魔覆滅！」

この決定的なチャンスを決めるのは……最強の八歳児アオタンだ！

『魔導乳母車』の両側面から筒が現れ、ファイアボールのような火の玉が発射された。

見事に頭目に着弾する。

だが頭目は踏ん張り倒れない。

でも、これもアオタンの想定内。

アオタンは、既に次の攻撃に移っているのだ。

今まさにアオタンは弾丸のようになって、頭目に向かって飛来している最中だ。

『魔導乳母車』には跳板のような装置が付いていて、それを使って加速して突っ込んでいるのだ。

その手には、見るからに強力そうな武器を持っている。

閉じた傘のような円錐《えんすい》型の武器で、銀色に輝いている。おそらく強力な魔法金属ミスリルの武器だろう。

火の玉の着弾による煙が薄まるのとほぼ同時に、頭目の体にミスリルの傘が着弾した！

そして見事に、頭目の土手っ腹《ぱら》に穴を開けた。

正確には、脅威の破壊力で、頭目の体は上下二つに分かれた。

自分の勝利を疑いもしなかった頭目は、まともに声を発することもできず、目だけに驚きを宿し死んだ。

「アオタン、よくやりました」

「えへん。うまくいってよかった」

サオリーンがアオタンの頭を撫で、アオタンはミスリルの傘を肩に担いで誇らしげに鼻の下を擦った。

うん、倒せて良かった。

そして、アオタンかっこよかった！

そしてチャンスを作ってくれた大殊勲、レオナが降りてきた。

「みんな、まだ安心するのは早いよ！　魔物が向かってきてる！　空から確認できた。あいつの言ってたことは、本当だった」

そうだった。勝利の余韻に浸ってる場合じゃなかった。まだ終わってないんだ。

「ダルカスさん、子供たちを連れて一旦洞窟の中に避難してください！　私たちが広場で迎え撃ちます！」

私がそう言うと、ダルカスさんたちは子供たちを連れて、すぐに洞窟の中に避難してくれた。

そして入り口付近を守ってもらうことにした。

私たちは、迎撃の準備を始める。

この周辺にいる魔物はそれほど強くないのだが、一斉に来られると厄介だ。

「私が上空を移動して、魔物の数が多そうなところに『魔導手榴弾』を投げて、密度を減らすよ！」

レオナも同じことを考えていたようで、そんな申し出をしてくれた。

「レオナ、無理しないでね」

「うん、分かってる。任せて」

レオナはそう言って、再び『浮きフクロウ』の足につかまり上昇して行った。

そして私たち地上組三人の配置はこうだ。

洞窟の入り口を背にして、真正面にアオタンの『魔導乳母車』、その右側前方にサオリーン、左側前方に私だ。

私とサオリーンでできるだけ魔物を倒し、討ち漏らした魔物は後方のアオタンが倒す。

アオタンと洞窟の入り口の間もかなり距離をとっているので、仮にアオタンの討ち漏らしが出ても、洞窟入り口にいるダルカスさんたちが対処できる。

ダルカスさんたちにも、レオナお手製の投擲武器や新開発の『魔導手榴弾』を渡している。この周辺の魔物くらい倒せてしまうのだ。

そんな迎撃態勢が整ったところで、魔物が現れる！

私たちは、押し寄せる魔物の群れを迎え撃ったのだった。

◇

少しして……なんとか魔物の群れを倒しきった。

この周辺に生息していたのは、ウサギ魔物、ネズミ魔物、イタチ魔物といった小さい魔物がほとんどで助かった。

まぁ小さいと言っても、魔物化しているので普通の状態よりもはるかに大きいんだけど。

自分よりも大きいと言える魔物は猪魔物くらいで、その数は多くなかったから大丈夫だった。

みんな、多少の傷は負ったが無事と言っていい状態だ。

——ガササ、ドンッ、ドンッ

え！　ホッとしたのも束《つか》の間《ま》、森から大きな音がし、何か近づいてくる感じがする。

……まだ魔物が残っていた？

「……まずい！　この気配、強い魔物が来る！」

サオリーンが叫んだ次の瞬間——。


——ドスンッ、ドッドドォォォン。

巨大な塊が、空から降ってくるように現れた！　ジャンプして一気に来たのか⁉

これは……巨大な鹿《しか》の魔物！

体高四メートル以上、角まで入れたら六メートル以上ありそうな巨大な鹿魔物だ。

しかも迷宮では見たことがないタイプの鹿魔物だ。

普通の鹿魔物と違って、角がギザギザでクワガタのように前にせり出している。体色も赤黒く威圧感がある。

「この鹿魔物……レベルが56。強いよ！【種族】が、『イビル・キングシザースディア』ってなってる！〝キング〟の名が付いているよ！　ただの鹿魔物とは次元が違うはず！」

アオタンが『色眼鏡』の魔法道具で確認してくれた。

しかし、それによりもたらされた情報は、今の疲弊した私たちには非情なものだった。

先程倒した頭目よりもレベルが高い。

まぁそもそも、同レベルだったとして、人と魔物では魔物の方がはるかに強い場合が多いんだけど。

しかも、種族名に〝キング〟が入っているということは、確実に上位種だ。

今の私たちで勝てるかどうか……でもやるしかない！

私たちは気力を振り絞り、鹿魔物に向けて武器を構えた。

鹿魔物も私たちを敵と認定し、鋭い眼光で睨んでいる。

足で地面を叩きながら、狙いを定めているようだ。

来るか！　と思った時――鹿魔物は驚くべき行動を取った。

地面に転がっていた小岩に角を当てたかと思うと、首を大きく上に振り抜いた。

すると小岩は、弾丸のように上空に発射された。

その先には――。

「レオナァァ！」


――ズシャ。


レオナがいた。

叫んでしまったが、幸運なことにレオナは無事だ。

だけど、『浮きフクロウ』は小岩が体にかすって怪我を負っている。

そして、ふらつきながらもゆっくりこっちに向かって落下してくる。

ちょうど洞窟の前あたりに落ちた。

きっと、レオナを守るために頑張って運んだんだ。おかげでレオナは無事だ。

「ウキウキ、大丈夫？」

レオナは、すぐに持っていた回復薬をかけてあげている。

ていうか、この短い間に名前までつけちゃっていたようだ。まぁそれはいいけど。

「レオナ、そのフクロウちゃん、洞窟の中で休ませてあげて！　あなたも休んでて！」

私はそう声をかけた。

「ありがとう、ウキウキは休ませるけど、私は一緒に戦うよ！　せっかく『魔導手榴弾』を作ったんだし、私はあなたのパートナーでしょ？」

レオナが語気を強めた。

そうだった。レオナは心配する対象じゃなく、共に戦うパートナー！

「そうだね、私たちは共に戦うパートナー！　一緒に戦おう！」

私の言葉に、レオナは大きく頷いて親指を突き出した。

「お姉ちゃんたち、それから母、あの魔物にいきなり近づくのは危険。うちとレオナお姉ちゃんで距離のあるところから攻撃して、タイミングを見計らって、みんなで一斉に突撃するっていうのがいいと思う」

アオタンがそんな提案をしてくれた。

8歳児なのに……戦術提案まで……。

でもいい作戦だと思う。

「オッケー、『魔導手榴弾』の雨を降らせてあげる！　腕がちぎれても投げてやるよ！」

レオナが気合を入れ、『魔導手榴弾』を投げ始めた。

鹿魔物は、馬鹿にするかのようなステップで軽く避ける。

だがその避けた先を狙いすましたように、『魔導乳母車』の前部分から出てきた魔法銃が火を吹く！　正確には魔力弾を吹く！

魔力の赤い弾丸は見事に着弾して、鹿魔物の動きを止めることに成功した。

しかもそこに、追撃の『魔導手榴弾』が当たり爆発を起こす！

完全に鹿魔物の動きが止まった。

今の『魔導手榴弾』は、レオナではない。

なんと、かなり後方にいるダルカスさんが投げてくれた物だ。

ナイスな援護攻撃だ。

「よし！　今がチャンスです！　みんな一斉攻撃！」

私の掛け声を合図に、皆鹿魔物に向けて動き出した。

抜刀するサオリーン、『魔導乳母車』で突撃するアオタン、走り込みながら振りかぶるレオナ、
そして槍を向ける私。

今まさに、私たち四人の一斉攻撃が放たれようとしたその時——私の視界は光に包まれた。

7．王国軍到来

一夜明け、朝から『魔境台地』の下つまり南側の森が騒がしい。

王国との国境でもある『ショウナイの街』の方面が騒がしいのだ。

【望遠】スキルを使って確認すると……またもや王国軍が来たようだ。前回の中隊規模とは比べ物にならない大部隊だ。

そして先陣を切って進んでくるのは……見覚えがある。

彼は、王国軍第二大隊隊長のエドガー将軍だ。

その後ろには、勇者ジャスティスたちがいる。

クラウディアさんが予想した通りに、大部隊で再度仕掛けてきた。

思ったよりも早かったな……。

王国に三人しかいない将軍の一人が出張って来たということは、俺を捕らえることが最重要案件となったということだろう。

多分……千人規模の部隊だ。

俺を捕らえるために、千人規模？

まぁ魔物の領域だし、魔物対策という意味が大きいんだろうけど、少し呆《あき》れてしまう。

この規模なら、魔物が出てきても、倒しながら余裕で進んで来れるだろう。あまり時間をかけずに『魔境台地』の前に、到着しそうだ。

だが、今回はそれでいい。

俺も、何も準備をしていなかったわけではない。対峙《たいじ》する場所は用意した。

それは、『魔境台地』の手前の開けた場所だ。

『ショウナイの街』の北門を出て、この『魔境台地』を目指して森を北上すると、開けた草原のような場所に出る。

その奥に、二十メートルくらいの断崖がそびえ立っていて、それが『魔境台地』なのである。

俺は、手前にある開けた草原を戦闘陣地にすることにして、準備をしていたのだ。

森の中に潜伏されるよりは、開けた場所にいてくれる方が対処しやすいと考えたわけだ。

そして大部隊を予想していたので、この開けた草原の周囲にある木を伐採し、よりスペースを広げていたのだ。

◇

王国軍は、どんどん進軍してくる。

俺は、引き続き『魔境台地』の上から【望遠】スキルを使って観察している。

この部隊は、魔物との戦いを想定しているからだと思うが、騎馬がいない。通常の大部隊なら、先頭には騎馬軍団がいるのだが、歩兵のみでの構成だ。

魔物の領域では、どこから魔物が来るか分からない。騎馬の優位性を出せないから、組み込まなかったのだろう。

代わりに鋼鉄製の武装馬車が、四台装備されている。戦車と呼ばれるものだ。

これは、王国の秘密兵器の一つと言ってもいいものだ。

こんなものまで投入してくるとは……。

戦車の屋根には、弩《ど》弓バリスタが装備されている。大型の魔物に対しても有効な、攻撃力の高い武器だ。もちろん、城攻めなどでも使える。

あれを『魔境台地』に向けて放たれると、台地内に届いてしまうな。

まぁ届きそうな範囲にある人工物は道路だけなので、特に問題はないが。

戦車を牽引《けんいん》しているのは、黒い鋼鉄製のクマ型ゴーレムのようだ。

初めて見た。

王国軍にも、ゴーレムがあるとは知らなかった。

俺が手に入れたオートホースは、見た目が木馬なのに対し、このクマ型ゴーレムは、鋼鉄製なので強そうに見える。

進軍して来ている王国軍の大部隊は、もうすぐ『魔境台地』の前の草原に到着する。

よくよく見ると、勇者ジャスティスの他に、第二位の勇者候補パーティーの勇者がいる。正式には、勇者候補だった奴だが。

名前は確か……ジェイスーン。

前回の時は、奴だけ来ていなかったが今回は来ている。何か事情があるのだろうか？

前回来ていた勇者パーティーの他のメンバーも全員いる。

俺たちの仲間になってくれる第二位パーティーの魔法使いイリーナと、ヒーラーのフランソワも一緒だ。

彼女たちには、どこかのタイミングでこの部隊から抜けて、身を潜めてほしい。前回別れる時に簡単に打ち合わせしているので、上手くやってくれるとは思うが。

◇

王国軍は森を抜けて、いよいよ『魔境台地』前の草原に入った。

「全くどうなってるんだ？　罪人ヤマトとその一味は出てこないではないか？　本当に、この規模の部隊で来る必要があったのか？　勇者様のお守りも、骨が折れるな……」

エドガー将軍が、大きな声で独り言を言っている愚痴を、【聴力強化】スキルで強化した聴力が拾った。

どうも、敢えてジャスティスに聞こえるように嫌味を言っているようだ。

エドガー将軍のことは、顔を知っているだけで、話をしたこともなければ人となりも知らない。

三十代後半くらいの若い将軍だけに、〝勇者〟と認定されたジャスティスにも、遠慮がない感じだ。

「ほんとに、勇者様にも困ったもんだ。大した魔物も出てこないところに、一個大隊を動員するとは……」

将軍は、よほど今回の出兵に不満があるのか、ジャスティスに対する嫌味を続けている。

「前回逃げ帰ったって言うから、どれほどの魔物が出るのかと思ったら……拍子抜けだ」

「勇者というのは……勇気のある者のことではないのかなぁ？」

「「「はっはっは」」」

将軍のそばにいる幹部将校たちが、将軍に追随して、嫌味な言葉をジャスティスに投げかけている。なんか予想外の光景だ。

あの周りを見下し、うぬぼれていたジャスティスが、馬鹿にされているとは。

まぁ自業自得だが。

そういえば、エドガー将軍の部隊は、豪胆で遠慮がない者の集まりだとか、荒くれ者の集まりなんていう噂《うわさ》を耳にしたことがある。

国が認めた〝勇者〟という権威で押さえつけたいジャスティスにとっては、一番やりにくい部隊に思える。

何故こんな人選を？

もしかして……国王や宰相のジャスティスに対するスタンスが変わったのか？

いや、それはないな。そしてそんなことは、俺にとってはどうでもいい。

いずれにしろ、前回敗走するように逃げ帰っているし、イリーナやフランソワから聞いた話によれば、通常訓練の迷宮攻略でも失敗したらしいから、そんな評判が広まっているのだろう。

それに伴って、立場が弱くなっているってところかな。

あのプライドの高い、そして自分の感情を抑えられないジャスティスが、あからさまな嫌味を言われても苦虫を噛み潰したような顔をしながら耐えている。いつもなら激昂して、斬りかかるのに、今日は我慢している。

ここで将軍たちと揉《も》めたら、俺を捕らえるどころの話ではなくなってしまうからだろう。

◇

さて、そろそろ挨拶に行くか。

そして、早々にお帰りいただこう。

「勇者ジャスティス、また性懲《しょうこ》りもなく来たのか⁉　何度来ても同じだぞ！　それに前回の約束はやはり反故《ほご》にしたのか？　俺が勝ったらここには来ない約束だろう？」

俺は、台地の先端から飛び降り、声を張り上げた。

かなり高さはあるが、今のステータスならなんとかなる高さなのだ。

「ヤマト！　やっと現れたか！　約束も何もねえんだよ！　お前は、国家反逆罪の大罪人だ！」

ジャスティスが前に出て、大声を張り上げた。激昂している。

さっきとは大違いで、いつものジャスティスだ。

「おいジャスティス！　また一対一で勝負するなら受けてやるぞ！」

俺は敢えてジャスティスを挑発し、手招きする。

「ふざけるな！　お前は大罪人だ！　勝負する価値などない！　将軍、弓兵の一斉掃射だ！　射殺せ！」

ジャスティスは、エドガー将軍に向けて叫んだ。

「おいおい、捕らえに来たんじゃないのか？　殺しちまうのかよ？」

将軍は、半笑いで頭を掻いた。呆れているようだ。

「将軍、いいから矢を放て！　こんなやつ、もはや利用する価値もない！」

「ちっ、しょうがねぇなぁ。とんだ貧乏くじだぜ。まぁやり合うのは嫌いじゃねーから、勇者様のご指示に従ってやるか」

将軍が辟易《へきえき》した感じで、そしてやる気なさそうに腕を上げ、指示を出した。この将軍、大丈夫なんだろうか？

おっと、そんなことを思っている場合ではなかった。

弓兵が前に出て、一斉に俺に向けて矢を放つ——。

俺は、『聖剣カントローム』を取り出し、発動真言《コマンドワード》とともに、地面に突き刺した！

「聖なる赤土壁《ホーリーロームウォール》！」

瞬時に、少し前方に二メートル四方の土壁が現れる——。

——ドスッ。

——ドスッ。

——ドスッ。

俺に注がれた矢は、ほとんどが土壁に突き刺さった。

狙いは俺で、俺に向かって一直線に飛んでくるので、二メートル四方もあれば十分なのである。

土木工事……道作りのために、聖剣をこの数日間使い込んだ。

このぐらいの土壁を出すなんて、造作もない。

自分で自分を褒めてやりたいのは、土壁を硬くしすぎなかったことだ。

上手く矢が土壁に突き刺さっている。

もっと硬くして弾き返す手もあったのだが、それだと矢が壊れてしまう可能性があった。

敢えて強度を落としたのだ。

実は、矢が欲しかったのである。今後のことを考えると、何本あってもいい。

そして今、俺は大量の矢をただで確保したのだ！　すごい収穫だ！

ジャスティスに礼を言いたいくらいだ。

だが今はそんな場合ではない。戦闘中だった。

俺は、ニヤけた顔を元に戻しつつ、今作り出した土壁の上に乗る。厚みがかなりあるから、余裕で立つことができる。

勇者ジャスティスとエドガー将軍……いや、ここにいる兵士全てが、驚愕《きょうがく》の表情をしている。

「お前……ヤマト……今のは……まさか『聖剣カントローム』……？」

勇者ジャスティスが声を絞り出すようにして、俺に問いかける。

「ああ、そうだ。お前が捨てていった折れた聖剣だ」

俺は、『聖剣カントローム』をかざしながら、見せつけるように答えてやった。

「何故……あの時、折れたはず……？」

俺の答えを聞いても、信じられないといった表情のジャスティス。

まぁそりゃそうだろ。目の前で、俺の振り下ろした『大剣者』にポッキリ折られたんだから。

「ああ、完全に折れてたな。もったいないから拾ったんだ。何故使えるようになったかって？　俺にも分からない。神のご加護かもしれないな」

俺は、適当なことを言って誤魔化す。

俺の『固有スキル』の【献身《けんしん》】の力で直したことは、秘匿事項だ。

奴は、あくまで味方のダメージの半分を引き受けるスキルとだけ思っているからな。

「馬鹿な……。そんなことは……、いや、それはもういい！　聖剣を返せ！　それは勇者に与えられし物だ！　俺の剣だ！　早く返せ！」

ジャスティスなら、そう言うと思った。

よくもまぁ、ぬけぬけと。

「返せも何も、お前が捨てていったんじゃないか。それにあの時、俺はお前に勝った。負けた相手の武装は、勝った者が押収する。この世界の通例じゃないか！」

「馬鹿な！　それは、盗賊などに対してだろ！　それに王家の伝家の宝刀だぞ！　ふざけるな！」

「じゃあ何故捨てていったんだ？」

俺の言葉に、唇を噛み締めるジャスティス。

俺は、この聖剣を絶対に返すつもりはない。

こんな優秀な〝土木作業員〟はいない！　土木作業に超絶便利な機能を持っているこんな優秀な存在……絶対に返さない！

返さないったら返さないからな！

これからの街作りに、絶対に必要なのだ！

「ふざけるな！　やはりお前は死ね！　お前は、王家の伝家の宝刀を盗んだ盗人だ！　エドガー将軍、もう一度矢を射るんだ！　奴を射殺せ！」

相変わらず、滅茶苦茶《めちゃくちゃ》なことを言っている。

だがエドガー将軍は、その指示に従うようだ。そして何故か、先程よりやる気になっている感じだ。真剣な顔つきになっている。聖剣を見たからだろうか？

俺は迎撃の態勢を整えるために、土壁の前に降り立った。

エドガー将軍が腕を動かし、弓兵に合図する。

再び矢の一斉掃射だ。

今度は、放物線を描いて矢の雨が降り注ぐ――。

弓兵も馬鹿ではない。

さっきみたいな一直線の攻撃では土壁に阻まれるから、放物線を描き上空から落ちてくる軌道で矢を放ったのだ。

「聖なる突風《ホーリーブラスト》！」

俺は、『聖剣カントローム』の剣先から砂塵を巻き起こす――。


――ビュュユユユンッ、ザッザッザッザッザ。


放射状に放たれた強烈な砂塵が、降り注ぐ矢を吹き飛ばした。

そして俺は再び、ジャスティスたちを見やる。

ジャスティス、エドガー将軍、この場にいる兵士たちが口をあんぐりと開けている。さっきと同じ光景だ。

「今、聖剣の剣先から砂塵が……。さっきも聖剣を突き立てて壁を出した。聖剣が持つと伝えられている特別な力を、ヤマトが引き出しているのか……？」

エドガー将軍が呟くのを、【聴力強化】した聴力が拾う。

それはジャスティスにも聞こえたようで――。

「将軍、ふざけたことを言うな！　あいつが聖剣の力を引き出せるわけがない！　勇者でもなんでもないんだぞ！」

信じたくないのだろう。ジャスティスは激しく動揺している。

ん、……将軍の傍らにいた女性兵士が、将軍に近寄り耳元で何か伝えている。

「何!?　『聖者』の称号!?」

将軍が驚きの表情で、声を漏らす。

「マスター、【鑑定】スキルを持つ者により、鑑定されたようです。私には鑑定阻害機能がありますが、それをマスターにも及ぼすことが可能です。実行しますか？」

『大剣者』が、突然そんなことを言った。

鑑定阻害なんて、できるのか……？

というか……もっと早く言ってほしかったが。まぁそれはいいけど。

スキルの詳細情報とかを見られるのは嫌だし……。

「分かった。頼む！」

「了解しました。瞬時に、鑑定阻害効果をマスターの周囲にも及ぼしました。先程の【鑑定】により、少なくとも【レベル】や【加護】【称号】などは確認されたと思います。スキルについても、スキル名くらいは確認されていると思われます」

そうか、まぁしょうがない。

もともと俺が持っていた【加護】やスキルは知られているし、新しく取得したスキルも名前を知られたぐらいなら構わない。

詳細表示を確認されてないなら、それでいい。

「ヤマト、お前は『光の聖者』という【称号】を得ているのか？」

エドガー将軍が、俺に向かって声を張り上げた。

それを聞いたジャスティスが驚いている。

「馬鹿な⁉『聖者』だと⁉ そんなことありえない！」

ジャスティスが、声を荒らげる。

「なんのことだ？」

俺はすっとぼける。

【鑑定】したと言っても、詳細を詳しく確認する時間はなかっただろう。

もう一度やろうとしても、今は阻害されて見えないはずだから、とぼけてしまえばいい。

「『聖者』の【称号】があるのなら、聖剣を使いこなせているのも、理屈が通る。どうなんだ、答えろ？」

再度、エドガー将軍が俺を問い詰める。

「だから答えたじゃないか！　そんなもの知らないよ」

「ヤマトが『聖者』なわけあるか！　ふざけるなぁぁ！」

ジャスティスが激昂した。

怒りで顔が……まるで牙をむき出しにして怒っている犬みたいだ。

俺が『聖者』の【称号】を持っているからって、そんなに怒る必要はないと思うんだが。まぁこいつの思考を考えてもしょうがない。

「お前ら突撃だ！　突撃しろ！　突撃させろ、将軍！」

ジャスティスが興奮しながら指示を出している。

……この滅茶苦茶な指示に、エドガー将軍は従うようだ。

いくら〝勇者〟とは言え、あんな状態の者の指示に従うのは、ありえないと思うが将軍には別の思惑があるのだろう。

おそらくエドガー将軍は、俺が『聖者』の【称号】を持つ者かどうか、改めて見極めておきたいのだろう。

全軍に突撃をさせるわけではなく、三十人ほどの兵士を突撃させた。様子見の突撃だな。

俺としては、ある意味拍子抜けだが、将軍の作戦は当たりだ。様子見という判断が、無力化される兵士の数を少なくする。

そして俺は、聖剣のもう一つの力を引き出してみせる――剣を振り上げ、突撃してくる兵士の足元に剣先を向ける。

「聖なる粘性泥《ホーリークレイパテ》！」

――ビチャ、ビチャ、ドドドドド。


向かってくる兵士たちの前方に、大量の泥のスペースができた。小さな田んぼみたいだ。

当然兵士たちは、その泥に足を取られる。

このクレイパテは、速乾性の泥で、二歩三歩と進むうちに足が動かなくなる。そして足を取られ前のめりに倒れ、そのまま固まるのだ。

突撃してきた三十名ほどの兵士は、瞬《また》く間に行動不能になった。

人に対して初めて使ったが、これはなかなかいける。殺さずに、敵を無力化するには最適だ。

まぁ足は折れたりするかもしれないが。

「また聖剣の機能を使った!?」

エドガー将軍が、驚愕の声を漏らす。

そしてジャスティスは……何かぶつぶつ言った後に――。

「グゾォォォオッ!」

獣のような叫び声を上げた。

あいつ大丈夫か……?

ジャスティスの後方で、遠巻きに様子を見ている勇者パーティーや二番手パーティーのメンバーたちも、ジャスティスのあまりの興奮ぶりに、完全に引いている。自分たちのリーダーが、あんな状態だったら……ゾッとするよな。

だが、それも俺にとっては悪いことではない。

ジャスティスが激昂していて、将軍は俺が聖剣を使いこなすのを見て呆然《ぼうぜん》としている。

そして少ないとは言え、兵士たちが動いたことで全体に混乱と隙が生じた。

このタイミングで、俺たちに合流する予定の二番手パーティーの魔法使いイリーナと、ヒーラーフランソワが森の茂みにこっそり移動したのが見えた。上手く離脱してくれたようだ。

「聖剣の力をここまで引き出せた者など、過去に〝勇者〟と認定された者の中でも、多くないはずだ。これは、いったい……？」

将軍が、また独り言を言っている。さっきまでのやる気のない感じではない。真顔だ。

俺とこれ以上戦うのは得策ではないと考え、退却してくれないかな。

そのためには……ジャスティスをどうにかしないと。奴自身の心が折れて、自ら撤退する感じになるのが一番いい。

悪いが、ジャスティスに対して、駄目押しさせてもらおう。

「太陽光線《ソーラーレイ》！」


——シュッ。


「わっ、ひ、ひぃぃぃぃぃぃっ」

俺は、ジャスティスに向けて指先からソーラーレイを発射した。

前回は両肩を射抜いたが、今回は脅しでいいだろうと考え、肩をかすめるように狙った。

だが……若干の調整ミスで、奴の頬をかすめてしまった。

あくまでミスだ……。ミスである……。

奴の頬は煙を上げて、焦げている。そして奴は、悲鳴を上げながら腰を抜かしてしまった。尻餅をついて……無様な格好になっている。

俺の指先から発射された光線に驚いていた将軍や周りの兵士たちだが、ジャスティスの無様な格好を見て、蔑《さげす》むような視線を向けている。笑っている兵士もいる。

いやぁ……勇者としては、面目丸潰れな感じだろう。

まぁ奴の心を折って、敗走してもらうためにやったことだから、ある意味狙い通りではあるのだが。

ジャスティスは、やっと我に返ったらしく、周りを見回している。そして自分に向けられる蔑むような視線に気づいたようだ。顔を伏せ、何やらぶつぶつ言っている。

ここでまた激昂して周りに暴言を吐くのかと思ったが、うずくまるような状態で、ぶつぶつ言い続けている。

逆にこの方が不気味だ。

奴自身の雰囲気というか、周りの空気が、なんとなく暗く、どんよりしてきている。

そんなジャスティスのところに、後方に控えていた勇者パーティーのメンバーが集まった。

流石に自分たちのリーダーの無様な姿を、いつまでも放置できなかったのだろう。

ただ兵士たち同様に、蔑む視線を向けている。

集まったはいいが、誰一人奴を気遣う様子はない。

魔法使いのマルリッテ、ヒーラーのユーリシア、二番手パーティーにいたタンクとロングアタッカーの男は、早く立ち上がるように促しているだけのようだ。

ん、……なんだ？

ユーリシアは、満足そうに笑いながら頷いている。

何か不気味な……悪い笑顔だ。ユーリシアがあんな顔をするなんて……。

おお、今度はジャスティスが起き上がり、全身に力を込め絶叫した。

またもや獣の雄叫《おたけ》びのような、訳の分からない、そしておぞましい叫び声だ。

……なんだ？

一瞬だが、奴の周りに黒い靄《もや》のようなものがかかった気がする。

そして『大剣者』が指摘する――。

「確認しました。ジャスティスのステータスに変化が発生しています。【称号】にある『勇者の可能性』が、『堕《お》ちた勇者の可能性』に変わっています。さらには、『反転魔王（闇落魔王）』という称号を獲得しています……」

え！

『堕ちた勇者の可能性』……？

『反転による魔王の可能性』……？

『反転魔王（闇落魔王）』……？

奴の周りの黒い靄のようなもの……あれは奴の状態の変化を示していたのか。

おそらく……奴の強い想念が、悪い方に花開いてしまったのだろう。

『堕ちた勇者の可能性』になり、それにより『反転による魔王の可能性』になった。

そしてそこに止《とど》まらず『反転魔王（闇落魔王）』という魔王の【称号】まで得てしまったという
ことのようだ。

「『大剣者』、他のステータスの変化は？」

「レベルやサブステータスに示される能力値などに変化はありません。特殊なスキルも獲得したわけではないようです。魔王の【称号】を得たと言っても、まだ成り立ての卵状態と思われます」

なるほど、現時点では特に大きな力を得たわけではないのか。

だがいずれにしろ、放っては置けない。

ジャスティスは相変わらず絶叫しているが……ん、ユーリシアが、ジャスティスに向かって何かを投げた！

その何かは、まるで意思があるかのように動き、ジャスティスの首に巻きついた。

「ぐおうぅぅぅぅ、グギャァァァ、ぎぃぃぃぃぃ」

なんだ!? ジャスティスが苦しみだした。

「『大剣者』、あの首輪みたいな物が何か分かるか？」

「確認しました。【名称】が『悪魔宿しの首輪』となっています。

詳細表示によれば、悪魔が作り出した特別なアイテムで、魔王もしくはその可能性がある者を、悪魔の邪念で拘束し悪意を増幅させるようです。真の魔王、悪の魔王を作り上げ従わせる強化・強制アイテムとも表示されています」

なにそれ!?

悪魔のアイテムなのか？

それをユーリシアがつけたのか⁉

どういうことだ……？

「この世界を脅かす存在、それが悪魔です。現状を分析するに、ユーリシアは悪魔の手先と考えるべきでしょう。そして『魔王』の【称号】を得たばかりのジャスティスを、『真の魔王』にしようとしているのでしょう」

『大剣者』の現状分析は恐るべきものだが、おそらく、その通りなのだろう。

『真の魔王』なんかになられたら大変だ。今のうちに倒してしまわないと！

ん⁉

ジャスティスの苦しみが止まった。絶叫を止め、息荒く呼吸している。目は、真っ赤に充血している。

「うりゃアアアア！」


――ザウンッ。


「きゃっ……」

「ぐおうぅ」

「な、……」

周囲にいた勇者パーティーのメンバーを、いきなり斬り倒した。

……一瞬だった。

くそ！

魔法使いのマルリッテ、第二位パーティーのタンクとロングアタッカー、三人とも倒れ込んで動かない。即死か……。

「うりゃァァァ、たァァァ」

ジャスティスはそのまま周囲の兵士たちをも、斬り捨てていく——。

これ以上はさせない！

「ソーラーレイ！」

ソーラーレイが、ジャスティスの右肩を射抜いた。体のど真ん中をぶち抜いてやろうと思ったが、奴の激しい動きでずれてしまった。

だが動きは、止まった。

そして、トドメだ——。

ん！


——グシャッ。


「ぐあぁ……」

ジャスティスの体を、背後から剣が貫いた！

心臓を貫かれたらしく、ジャスティスは動きを止めた。

ジャスティスの背後にいるのは……剣を突き立てたのは、第二位パーティーの勇者候補ジェイスーンだ。

突然、ジャスティスの背後に現れ、剣を突き立てたのだ。

危なかった。

突然現れたジェイスーンに気づくのが遅れたら、ジェイスーンごとジャスティスを撃ち抜いていた。

……聞いたことがある。ジェイスーンは、特別なスキルを持っていると。

【縮地】という対象との距離を一瞬で縮める、瞬間移動のようなスキルを持っているとのことだった。

おそらく、それを使ったのだろう。

俺の攻撃で動きが止まったところを利用し、一瞬で背後から刺し貫いたのだ。

そしてジャスティスは……どうやら即死状態……絶命したようだ。

剣を抜かれ、そのまま地面に崩れ落ちた。

周囲にいる兵士たちは、突然のことに、固まってしまっている。

早く負傷者を回復するべきなのだが……。

「『大剣者』、倒れた者たちの状況が分かるか？」

「確認しました。ジャスティスは生命活動が停止、死亡したようです。その周囲に倒れている者も、皆死亡しています。致命傷に至らない傷の者まで、死亡しています。ジャスティスの攻撃に、特殊な力があったのかもしれません。合計十三名の死亡です」

ジャスティスは、ほんとに死んだらしい。

驚くほどに呆気ないが……。

そして勇者パーティーのメンバーも、ユーリシア以外は死んだってことか……。

周辺にいた兵士にも、犠牲が出た。

ほんの一瞬の出来事だった。悔しいが動きようがなかった。

それにしても、斬られた者がみんな死んだなんて……。

やはりジャスティスの攻撃は、特別な力があったのか？

「ふふふ、これは思わぬ成果。新たな因子まで育った。そして当初の予定通り、勇者ジャスティスは、反転して魔王となった！　ハハハハハハ」

なんだ？　ユーリシアが高笑いしている。

その勝ち誇ったような声は、当然周りの者にも聞こえている。

「ユーリシア、お前、何を言ってるんだ!?」

ジェイスーンが、驚きの声を上げる。

奴は、さっきユーリシアがジャスティスに首輪をつけたのを見ていなかったのか、ほんとに驚いている。

問い詰められているユーリシアは、ジェイスーンを吟味するように、下から上へと視線を送り、怪しい笑みを浮かべた。

「ふふふ、いいわね。あなた……これで、ジャスティスに代わり、〝勇者〟となれるわね。望み通りかしら？　ただ、残念ながらジャスティスは死んでないわよ。そう簡単には死なないわ。

「でもあなたは、良い仕事をしたわ。この瀕死《ひんし》こそが、『真の魔王』としての覚醒に繋がる。そのための贄としては、殺した数が少し足りないけどね。ふふふ、まぁいいでしょう」

ユーリシアが、嗜虐《しぎゃく》の笑みを浮かべている。

彼女が言う通り、ジェイスーンはこの状況を利用し、ある意味ジャスティスを暗殺したのかもしれない。

だが、勇者候補だった者として、魔王の【称号】を得た者を倒すのは当然とも言える。むしろ賞賛されることだろう。

気になるのは、ジャスティスが死んでいないという発言だ。

『大剣者』のアナライズは、死んだと言っていたが……。

魔王の【称号】を得たことで、何か特別な力が働いているのか？　もしくは、あの首輪の力？

「お前はいったい何者だ!?」

ユーリシアの勝ち誇った発言は、エドガー将軍にも聞こえたようで、将軍が声を荒らげ剣を向ける。

「ふふふ、私はこの『カントール王国』の滅亡を望む者。……悪魔と契約せし者。ふふ、まさか出現が予言された魔王が、自分たちが集めた勇者候補の中から出るとは思わなかったでしょう？　この国の馬鹿な王、貴族たちは、どんな顔をするかしら？　今から楽しみだわ。ふふふ」

「皆の者、この女を捕えろ！」

エドガー将軍が、そう言いながら自らも斬り込む——。

「そうはいかないわ」

ユーリシアは、大きなバックステップで距離をとると、カバンから何やら取り出した。

それを放り投げると、その場に、地面に、赤く光る魔法陣が展開した。

……何かが出てくる！

あれは⁉

「確認しました。下級悪魔です。レベルは38」

『大剣者』が告げる。

悪魔を召喚したのか⁉

黒いマントを羽織った二メートルぐらいのほっそりとした不気味な立ち姿。大きな長鼻、下から突き出した大きな牙、魚の鰭《ひれ》のような耳、スキンヘッドに突き出す角、赤い肌。

まさに異形だ。

そんな悪魔が瞬く間に四体も出現した。

下級悪魔四体は、死んだ兵士たちの周囲を取り囲むように動き、その周辺にいる兵士たちを薙《な》ぎ倒す――。

そして、連携するように、ユーリシアが死んだジャスティスに近づく。

手にした杖を光らせると、近くにいたジェイスーンが弾き飛ばされた。目に見えない壁にでも弾かれたような感じだ。

今度は、ユーリシアの頭上に、赤い魔法陣が展開する――。

次は、いったいなんだ⁉

「マスター、あれは、転移魔法陣かもしれません。離脱しようとしているようです」

え、まずい！

「ソーラーレ――」

消えた！

攻撃する間もなく、一瞬で消えた。

ユーリシアたち・・は、消えてしまった。

たち・・というのは、そばにあった勇者ジャスティスの死体、パーティーメンバーだった者たちの死体、ジャスティスが殺した兵士たちの死体、のことだ。

全てが一瞬にして消えたのだ。

転移か……くそ！

だが今は悔やんでもしょうがない。

それよりもユーリシアが残していった悪魔四体をなんとかしなければ。

下級とは言え悪魔が四体なんて……いくら王国軍の一個大隊でも、苦戦は必至だろう。

過去の英雄譚に出てくる悪魔は、下級でも恐ろしく強い存在だった。

当然俺も初めて対峙するが、伝えられている話では並の兵士が敵《かな》う相手ではない。

ん⁉

さっき悪魔が出現した場所が再び輝きを発し、魔法陣が現れた。

悪魔がもう一体⁉

最初に出てきた悪魔は角が一本だったが、今度のは二本ある。

「マスター、中級悪魔が召喚されました。状況的に、かなり危険になりました」

『大剣者』が即座に警告を発した。

「中級悪魔……？」

「はい。レベルは58です。中級悪魔の討伐が最優先です」

「レベル58⁉」

俺よりも15以上も上じゃないか。

「はい。今のマスターのレベルでは、危険な相手だと言えます。ただ私のサポートで十分戦えます。そして悪魔や魔王に特効を持つ聖剣もあります」

「分かった。危険だろうとなんだろうと、やるしかないな」

「ヤマト君、私が魔法銃で牽制するから、距離を詰めて」

「私は、下級悪魔を倒します」

台地の上から様子を見ていたクラウディアさんとラッシュが、オートホースに乗って降りてきた。

二人のレベルでは、悪魔と対峙するのは危険だ。

だが考えている暇はなさそうだ。

俺は、すぐに二人を固有スキル【献身】の対象に指定する。

これでダメージを受けても、半分は俺が肩代わりできる。

クラウディアさんは、俺の返事を待たずに、中級悪魔に対し魔法銃をぶっ放している。

その攻撃を無駄にしないために、俺も行動に移る。

距離を詰めながら、【光魔法――太陽光線《ソーラーレイ》】を発射する。

クラウディアさんの魔法銃と俺のソーラーレイによって、中級悪魔は完全に俺たちをロックオンした。

ヘイトを稼いだが、それでいい。

混乱している兵士たちを無視して、俺たちの方に向かって移動し始めた。これで兵士が無駄に死ぬことはない。

クラウディアさんの魔法銃も俺のソーラーレイも、中級悪魔に命中しているが、致命傷を与えられていない。

奴は巨大な盾を出し、それで凌《しの》いでいるのだ。

俺のソーラーレイの威力で、盾は破壊できているが、すぐにまた次の盾を出す。

「マスター、あの中級悪魔は、正式名『盾の悪魔（中級）』となっています。盾を操る悪魔のようです。通常の悪魔よりも、ガードが固いと思われます。接近して聖剣もしくは私『大剣者』で攻撃し、盾ごと斬り倒すしかないと思われます」

『大剣者』が的確なアドバイスをくれた。

防御力が高いのか。

ただ厄介なのは、動きも速いことだ。

盾で防ぐだけでなく、攻撃をいくつも躱している。

お！　今度は奴の体が変形し、いくつもの盾に覆われてしまった。なんて奴だ。


——ぐっ……。

いきなりダメージが……。

どうやら、ラッシュが攻撃を受けてしまったようだ。そのダメージが、半分俺に来たのだ。

すぐに状況を確認する。

下級悪魔の盾による攻撃で、ラッシュが吹き飛ばされている。

下級悪魔も『盾の悪魔』のようで、四体とも盾を出して殴りつけるように攻撃している。

三体は、王国軍が手分けして対処し奮戦している。

倒れているラッシュの側に、王国軍から離れ森に身を潜めていた魔法使いのイリーナと、ヒーラーのフランソワが駆け寄る。

フランソワが、回復魔法をかけてくれた。

一安心だ。

三人はそのまま構える。連携して戦ってくれるようだが……危険だな。

「クラウディアさん、ラッシュたちの応援に行ってください！　ここは私と『大剣者』で大丈夫です！」

「でも……」

「大丈夫です！　それにラッシュたちを気にしながらでは、戦いづらいのです。クラウディアさんが、フォローに行ってくれれば安心です」

「分かったわ」

クラウディアさんは心配げに俺を見つめた後、すぐにラッシュたちのところに向かってくれた。

俺はすぐに、イリーナとフランソワも【献身】の対象に追加指定した。

彼女たち四人で連携したとしても、下級悪魔を倒すのは大変だと思う。

だが、今は凌いでもらうしかない。

早く中級悪魔を倒して、応援に行かないと！

「『大剣者』、少しの間、自律行動で奴を牽制できるか？」

「イエス、マスター。もちろんです」

『大剣者』は、鞘《さや》と共に俺の腰のベルトに差していたのだが、自分で鞘から抜けて空中を浮遊し、中級悪魔に向かった。

『大剣者』は、盾の中級悪魔の前で牽制するように宙を舞い、スピードの変化をつけて突進し、斬り付けた――。


――ザンッ。


切れ味抜群で、見事に盾を切り裂いた。

が、奴の盾はすぐに復活する。

だが、『大剣者』のおかげで、奴の動きはしばし止まった。

その隙を逃さない。俺は、一気に距離を詰めて、聖剣を振り下ろす――。


――ザンッ、ザザンッ。

渾身の一振りが、青い閃光《せんこう》と共に中級悪魔を引き裂いた。

が、紙一重で体を躱され、左肩から腕を切断するに止まった。

奴は距離をとり、時間を稼ぐ。

早くも切断された傷口から、肩が再生しだしている。盾同様、体のパーツも再生できてしまうようだ。

やはり、体の正面を貫かないと駄目だ。

前に『勇者選定機構』の研修で聞いたことがあるが、再生能力がある魔王や悪魔などを倒すには、致命傷を与えなければならないとのことだった。手や足などではなく、頭部や胸部を吹き飛ばさなければならないのだ。

もう一度だ。

悪魔に対して、聖剣の威力が抜群なのは分かったから、それを体のど真ん中にぶち込むだけだ。

「驚きですねー。聖剣を使いこなせる者がいるとは。危ないところでした。だが同じ手は、通じませんよ。そう、もうあなたに勝ち目はないのです。もはや、力押しで行けば勝てちゃいますね。ヒョホッホ」

中級悪魔が口を開いた。

初めて声を発したが……耳障りな、身の毛がよだつような気持ち悪い声だ。

力押しと言った通り、やつは発生させた盾を次から次に投げつけてくる。滅茶苦茶な攻撃だ。

だが……そのせいで、距離を詰められない。

飛んでくる盾は、聖剣で両断したり避けたりしているが、数が多くて……だんだん厳しくなってきた。まさに力押しされている感じだ。

――ドンッ。

「ぐぁ……」

避けたはずの盾が後方で反転して、回転しながら俺に当たった。

……全身に激痛が走る。……やばい。

だが、意識を失わなくて良かった。

俺はすぐに、【光魔法――光の癒し手】で自分を癒す。

この状況……まずいな。

盾の悪魔の盾の使い方が、進化している。

そんな風に思ってしまったからか、盾の悪魔はさらに大胆な攻撃を放つ――。

全身に鱗《うろこ》のように纏《まと》っていた盾を、一気に空中に放り出したのだ。

その盾は、まるで生き物のように、軌道を変えながら俺に向かってくる。

「ソーラーレイ！」

俺は左手をかざし、指の先からソーラーレイを発射する――。

広げた五本指全てから光線を発射し、そのまま手を動かし、向かってくる無数の盾を撃ち落とす。

だが、これでも全ての盾は、防ぎきれなかった。

軌道を変えた盾が三つ四つと俺に迫り、避けきれず数枚被弾してしまった。

『大剣者』も縦横無尽に動き、何枚もの盾を切断して援護してくれたのだが、俺は被弾してしまったのだ。しかも、そのうち一つは背中に直撃した。

「ぐふぅ、ぐあぁ……」

……呼吸ができない。意識が飛びそうだ。

……ん、急激に回復してきた。

これは、回復魔法……？

どうやらフランソワが、俺に回復魔法をかけてくれたようだ。

彼女は、ラッシュたちと一緒に、下級悪魔と対峙していて、俺の場所からは結構離れている。前回の戦いの時に回復してくれた時よりも、かなり距離がある。

この距離でも……回復魔法が届くのか？　すごいな。

俺がフランソワを見て、礼の意味で頷くと、彼女も頷いた。

「ヒョホッホ、人間、しぶといですね。お前のような者がいるのは、全くの予想外。でも楽しめました。ですが……ここまでにしましょう。こんな不確定要素は、蕾《つぼみ》のうちに潰すのが一番です。私にとってはラッキーでした。お前にとっては、私との出会いがアンラッキーでしたね。ヒョホッホ」

盾の中級悪魔は、嗜虐の笑みを浮かべている。

くそ、悪魔とはこれほど強いのか……。

『勇者選定機構』での研修で、過去に存在したとされている魔王や、それを助けたとされている悪魔の情報もある程度勉強させられた。

下級悪魔と言われる比較的出現しやすい悪魔でも、並の兵士では全く敵わない災厄。

表示されるレベルよりも、はるかに強いということだった。

中級悪魔ともなれば、最強の騎士団やトップランクの冒険者が束になってかかっても、敵うかどうかということだった。

何故か、今そんなことを思い出した。

研修を受けている時は……現実味がなく、聞き流す感じだったが、改めて思う……悪魔は厄介だ。

上級悪魔になると、勇者でも倒せるかどうかということだった。ここに現れなかっただけ、幸いと思える。

もし上級悪魔まで現れたら、ここの全員が終わっていただろう。それを思えば、まだましな状況だ。

俺は、自分に言い聞かせ、自分を奮い立たせる。

なんとしても、この中級悪魔を倒し、ラッシュたちを助けに行かないと。

『大剣者』、切り札はいけるな？」

「イエス、マスター」

まだ俺たちには、切り札がある。

前回の戦いを踏まえ、新たに準備していた切り札だ。

まだ打ち合わせをしただけの段階だが、それを奴にぶち込む！

盾の中級悪魔は、俺に盾を一斉に発射した直後、すぐに盾を再生し、また鱗状に体全体に纏っている。

そして、奴の動きを止めない限り、聖剣を突き立てることはできない。

俺は、『聖剣カントローム』の剣先から、砂塵を巻き起こす――。

「聖なる突風《ホーリーブラスト》！」


――ビュュュュンッ、ザッザッザッザッザ。


放射範囲を絞った強烈な砂塵が、盾の中級悪魔を押し動かす。

奴にダメージを与えることはできていないが、奴を動かすことはできている。

少しずつ……だが着実に。俺の狙った場所へ……。

よし、ここならいいだろう！

切り札を出す――。

「『大剣者』、頼む！」

「イエス、マスター！　お任せを！」

『大剣者』がいつになく、声を弾ませる……ような気がする。

魔法AIなのに、人間のような感情のこもった返事だ。

その宙に浮く『大剣者』の下には、起動状態で待機させていたオートホースがいる。

オートホースを動かすには、本来起動させた者が指示を出す必要がある。

だが、『大剣者』の超魔法AIとリンクしているので、『大剣者』にも操作できるのだ。

「リンクスタート！　オートホース武装解禁！　バトルモード、フルアクティブ！」

『大剣者』のアナウンスとともに、オートホースが武装を露《あら》わにする。
左右の脇腹が開き、アームが飛び出す。
その先には、ライフル型の魔法銃が握られている。
そしてオートホースの口が開き、筒状の砲台が突出する。
「ターゲットロック、ファイヤー！」
『大剣者』の音声とともに、左右のアームライフルと、口の魔砲が火を吹く――。

――ビュン。
――ビュン。
――ゴォォォォ。
――バン。
――バン。
――ボゴンッ。

盾の中級悪魔は、避ける間もなく、真正面から攻撃を受けた。
鱗状に配置した盾が破壊され、その奥の本体が抉れ、焼かれている。
残念ながら致命傷ではないが、それで十分だ。ある意味、狙い通りだ。
俺の狙いは、奴の動きを止めること。
俺は、すかさず横から奴の懐に飛び込み、聖剣を体のど真ん中に――。

すぐに気づいた中級悪魔は、身を躱そうとするがもう遅い！

――グシャ、グググゥゥゥ。


「お、な、何故、グギャァァ……」

聖剣は、奴の体のど真ん中に突き刺さり、奴は信じられないという目つきで、刺された胸を見る。

そして、断末魔の声を上げた。

盾の中級悪魔は、黒い霧となって消えた。

よし!!

俺の勝ちだ！

だが勝利の余韻に浸っている暇はない。

すぐに下級悪魔たちを殲滅しなければ。

◇

俺は、なんとか耐え凌いでいたラッシュたちのもとに駆けつけた。

下級とは言え盾の悪魔は防御力が高く、なかなか苦戦を強いられていたようだ。

だが、フランソワの回復魔法の適切な行使と、みんなの連携のおかげでなんとか持ちこたえてくれていた。

クラウディアさんは、比較的近距離から魔法銃で攻撃し、イリーナは、ラッシュと下級悪魔が離れる隙を狙って、【火魔法――火球《ファイアボール》】を発射して援護している。

「みんな、お待たせ！　よく凌いでくれた。後は俺に任せて」

俺の言葉に、クラウディアさん、イリーナ、フランソワが大きく頷く。

ラッシュは、下級悪魔と肉弾戦中ですぐには引けない感じだ。

「オートホース、バトルモード、ランニングアタック！」

その時、『大剣者』のアナウンスが響いた。

具体的な指示は出していないが、戦闘に参加するようだ。

「ヒヒィィィン！」

そして何故か、オートホースが了解の鳴き声を上げる。

さっきは、鳴かなかったのに……何故に？

走るのが嬉しいから？　さっきは、口から砲台が出てたから、返事ができなかったのか？

いや、そんなことはどうでもいい。

オートホースが疾風の如《ごと》く突進し、下級悪魔を撥《は》ね飛ばした！

ラッシュに当たらないように、狙いすました攻撃だ。

下級悪魔は、体当たりされた衝撃で、大きく後ろに吹っ飛んでいる。

「オートホース、バトルモード、アームライフル、魔砲、ターゲットロック、フルバースト！」

『大剣者』の次なる指示で、再度武装が火を吹く！

——ビュン。

——ビュン。

——ゴォォォォ。

——バン。

——バン。

——ボゴンッ。


中級悪魔に放ったのと同じ脇腹のアームライフルと口の魔砲の一斉掃射は、下級悪魔を的確に捉えた。

下級悪魔は、黒い靄となって消えた。

この武装は、下級悪魔に対しては十分すぎる威力だ。瞬殺である。

よし！　これで残るは三体。

俺は、四人の無事を改めて確認し、少し休むように指示した。

そして、残り三体の下級悪魔に向かう。

王国軍は三つの集団に分かれて、三体の下級悪魔をそれぞれ囲むような形で応戦しつつ、奮戦している。

だが、かなりの損害だ。

何人もの兵士が倒れている。

秘密兵器とも言えるあの弩弓バリスタ付きの鋼鉄の馬車と、それを牽引していた鋼鉄のクマ型ゴーレムが、軒並み破壊されている。

バリスタのような大型で攻撃力のある武器が使えなくなったのは、痛いところだろう。

通常の矢では、あの盾を破壊することはできないだろうし、接近戦で斬り付けても、よほど実力のある者でなければ、同様に盾で防がれ、逆に負傷させられる。

いたずらに損害が増える消耗戦になってしまう。実際、かなり損害が出ている。

それでも怯《ひる》まず戦っている兵士たちは、立派だ。

そんな必死の戦いの中で、倒すには至っていないが下級悪魔に着実にダメージを与えている。

下級悪魔は、再生能力がないようで、二体の悪魔が片腕を失っている。

もしかしたら、弩級バリスタで吹き飛ばしたのかもしれない。

いや、一体は、おそらくエドガー将軍が斬り落としたのだろう。

エドガー将軍を中心とした集団は、かなり悪魔にダメージを与えている。このまま倒せてしまいそうだ。

俺は、先に他の二体を倒すことにした。そっちの兵士たちは、苦戦しているのだ。

混乱する戦場を利用し、密かに悪魔に近づき、聖剣の一撃を放つ――。


――ザウンッ。


横薙ぎの一閃で、両断した。

下級悪魔は、黒い靄となって消えた。

中級悪魔にてこずったせいか、下級悪魔は楽勝と思える。

驚く周りの兵士たちに、軽く手を挙げて合図を送り、俺はもう一体の悪魔に移動する。

そして、そいつも、一振りで消し去った。聖剣の威力は絶大だ。

最後の一体は……今、エドガー将軍がトドメを刺したようだ。

これで、全ての悪魔は討伐した。

◇

なんだ!?　空気が震えている？

なんだこの悪寒……まだ終わってないのか!?

何か来る！

「みんな気をつけろ！　何か来るぞ！」


——ズドォォオンッ！


俺が叫んだのとほぼ同時に、巨大な塊が空から落ちてきた。

凄《すさ》まじい衝撃。巻き起こる土煙。

周りの兵士たちが吹き飛び、俺たちも風圧に後ずさる。

そして眼前に現れたのは……巨大な岩石のような漆黒。

なんだこれは？

岩石と思ったものは……巨大な蛙《かえる》だった。

それだけではない……その頭部には、人の上半身のようなものが乗っている。

いや、あれは人ではない。

あの鉤鼻《かぎばな》、そして風貌、雰囲気、額の角……悪魔だ！　しかも、角の数は三本。

ということは……。

「マスター、【アナライズ】により確認いたしました。上級悪魔の特殊個体です。『吸収の悪魔（上級）』が魔物と融合した状態のようです。【状態】表示に、『不完全受肉』、『弱体化』、『魔物吸収融合状態』と表示されています。レベルは70です」

「やはり上級悪魔か！」

「はい、ここからは推測ですが……上級悪魔が受肉して実体化することは容易《ようい》ではありません。何かのアクシデントがあったか、もしくは無理矢理受肉したことによって、不完全な状態になったと思われます。それにより、表示の通り通常よりも弱体化しているのでしょう。そして、それを補うために強力な魔物を取り込んだというのが、今の状態ではないかと思われます」

「……なんてことだ。じゃぁ、本来の状態よりも弱体化しているとは言え、かなりの強さを持っていることは間違いないわけだな……」

くそ！

やっと中級悪魔を倒したと思ったのに、今度は上級悪魔か！

悪魔のおかわりなんていらないんだよ！

だが、ここでくじけるわけにはいかない！
やるしかない！

8. 最悪の災厄の強襲

蛙魔物と融合した上級悪魔が、赤黒い肌をテカらせながら嗜虐の笑みを浮かべている。

「ヒョーヒョッヒョッヒョヒョ、なんたる幸運！　無理矢理受肉した甲斐《かい》があったと言うもの。あの呑気者《のんきもの》のように人間を使って、受肉条件が整うのを待つなんて悠長なことは、我輩の性には合わないのですよ、ヒョーヒョッヒョッヒョヒョ。

あゝ《あ》、この久々の爽快感。実体化はいいものですねぇぇぇ。不完全でも受肉して実体化してしまえば、我輩の吸収能力で補うことができますからねぇぇぇ、ヒョーヒョッヒョッヒョヒョ。

不完全さも自分の手で完全にすれば良い。我輩自らが、大勢の人間を苦しめ命を奪うことで、上質な怨念を回収する。これで受肉も完璧になる。そう吾輩は天才なのです！　ヒョーヒョッヒョッヒョヒョ。そのための数多くの生贄が目の前にいるのですよ。その上、『聖者』まで。

いいですねぇぇぇぇ！

『聖者』が絶望し怨念を宿らせ死んでいく。その最上級の怨念を回収できれば……それだけで、受肉は完璧になるかもしれませんねぇぇぇ！　他の悪魔たちが下ごしらえをしてくれて、ちょうどいい疲労具合のようですし、我輩という絶望により精神がプチンと切れちゃいそうですねぇぇぇ。テンションアゲアゲでーす！　ヒョーヒョッヒョッヒョヒョ」

なんだこいつ、一方的に話してる。何一人語りしてるんだ。ふざけた奴だ。

だがそのおかげで、こいつの状態やしようとしていることがなんとなく分かった。

ここにいる全員を、無残に殺そうとしていることは明らかだ。

それにしても耳障りな声だ。姿も気持ち悪ければ、言っていることも気持ち悪い。ほんとに気持ち悪い奴！

そんな俺の内心に気づいたかのように、奴は俺を睨みつけている。


――シュッ。


おっと、危ない。

いきなり蛙魔物の口から長い触手のようなものが飛んできた。

そして戻って行く。

咄嗟《とっさ》に躱したが、あれは蛙の舌か？

「マスター、あれは蛙魔物の舌による打撃攻撃と思われます。あくまで推測ですが、『吸収の上級悪魔』は弱体化のため、あまり直接の攻撃行動が取れないのかもしれません。融合している蛙魔物としての能力で攻撃してくる可能性が高いです。素体の蛙魔物もかなり高レベルであったと推測されますので、十分な注意が必要です。蛙魔物の攻撃を躱し牽制《けんせい》しつつ、頭上の悪魔本体への高威力攻撃を推奨します」

なるほど、『大剣者』の推測が正しければ、悪魔自体からの攻撃はそれほどないと考えていいか。

ただ蛙魔物自体がめっちゃ強い感じだから、十分な注意が必要。

そしてなんとか悪魔本体を倒す必要があるが、近づけるか……？

遠距離からの狙撃が最善策だが……まぁ試すしかないな。

「みんな、パーティーの布陣で連携して、少しの間注意を惹《ひ》きつけてくれ！　俺はその隙に本体を狙う！」

ラッシュたちに指示を出すと、皆頷いて即座に動き出す。

俺は、パーティーの最後列に位置した。

「ヒョーヒョッヒョッヒョヒョ、私に歯向かってくるとは、面白い。流石『聖者』の【称号】を持つ者。ヒョーヒョッヒョッヒョヒョ、いいですねぇぇぇ。そうでなくては困りますよ。簡単に殺してしまっては、上質な怨念が回収できないですからねぇぇぇ。

甚振《いたぶ》られ、苦しみ、絶望して命尽き果てる。それでこそ、怨嗟《えんさ》の念は上質になるのでーす！　我輩が本気になれば、ここにいる者たちなど全て瞬殺でーす！　でもそれでは困るのですよぉぉぉ。

ヒョーヒョッヒョッヒョヒョ！〝『聖者』と惨めな仲間たち〟あなたたちは、我輩が直接存分に甚振ってあげましょう！　喜んでいいですよ。そして……周りにいる有象無象の兵士のお友達はぁぁぁ……そうですねぇぇぇ、この魔物の能力で、遊び相手を呼びましょう。イッツァ～ショウタ～イム！」

悪魔がニヤリと笑うと、蛙魔物が口を開いた。

――ゲゴォォオオ。

空気を震わせ、地を震わせるような不気味な鳴き声が響いた。

俺も含め皆耳を押さえる轟音《ごうおん》と不快感だ。

鳴き声がおさまり、周囲を警戒するが……何も起きない。

……なんだったんだ？

「マスター、これは……もしかしたら、魔物を呼び寄せているのかもしれません！　この蛙魔物が、もしこの『北端魔境』のどこかのエリアボスであるとすれば、そこの魔物を呼び寄せることができると思われます。また、他エリアにはなりますが、この近辺の魔物をも呼び寄せることができるのかもしれません」

え、何それ！

また連鎖暴走《スタンピード》になるのかよ！

俺は『大剣者』の推測を聞き、全身から嫌な汗が流れるのを感じた。

ただでさえ目の前にどう倒せばいいかも分からない強敵がいるのに、連鎖暴走《スタンピード》まで起きたら……。

思考が止まりそうになるが……必死に気力を振り絞り、周辺の気配に集中する。

…………！

確かに気配を感じる。

『魔境台地』がある北側以外の三方向から、少数だが魔物が寄ってくる。

そして、それとは別に東の方からは、数多くの魔物の気配……大群の気配が……。

くそ！　やはり連鎖暴走《スタンピード》だ！

「兵士たちよ！　周囲の魔物が呼び寄せられている！　東、南、西からは少数だが間もなく現れる！　そして東の奥からは、大群が来るぞ！　すぐに戦闘態勢をとれ！」

俺が叫ぶと、一瞬驚愕の表情を浮かべたエドガー将軍だが、すぐに部下たちに指示を出し、戦闘態勢を構築し始めた。流石武闘派の将軍といったところか。

なんとか持ちこたえてもらうしかない。

それにしても……また連鎖暴走《スタンピード》とは。

馬鹿の一つ覚えみたいに魔物を暴走させやがって。

だがこれが、この魔境の弱点でもある。

魔物が腐るほどいるのだ。何かしらの手段で暴走させることができれば、天災級の災いをすぐに起こせてしまう。

まぁ泣き言を言ってもしょうがない。

まずは、目の前の悪魔をなんとかして倒す！

――シュッ。

――シュッ。

くっ！

蛙魔物の舌先が高速で飛来する。

みんななんとか躱せているが、毎回ヒヤッとする。

蛙魔物は巨大なので、その舌先と言っても巨大な丸太が飛んでくるようなものなのだ。

俺たちのパーティーには、純粋な盾役はいないわけだが、仮にいたとしても、一発で吹っ飛ばされ行動不能にされるだろう。

前衛のラッシュが、激しい動きで注意を惹きつけてくれているが、実際のところは躱すのが精一杯といったところだろう。

レベル差から考えれば、ラッシュが今やっていること自体が奇跡と言ってもいい。

クラウディアさんは魔法銃での狙撃、イリーナは火魔法を打ち込んでいる。

フランソワは、躱しながらもダメージを受けているラッシュの回復を担当してくれている。

なんとか大きなダメージを食らわずに注意を惹くことができているが、こちらの攻撃もほとんど効いていない。

蛙魔物の外皮は分厚く、簡単にはダメージを通せないのだ。弾力性まであるようで、衝撃も吸収している。

クラウディアさんの魔法銃の攻撃が、かろうじて外皮を貫いているが、内部の肉壁のようなもので止められ、全く致命傷になっていない。

みんな頑張ってくれているが、厳しい戦いだ。

それ故、俺が攻撃する隙もほとんど作れていない。

だがあまり悠長に待ってはいられないな。みんなこれ以上は持ちそうにない。

十分ではないが、僅《わず》かな隙でも見つけて攻撃を仕掛けるしかない。

俺はなんとか隙を見つけて、渾身のソーラーレイを発射する――。

――ビュウンッ。

――バチンッ。

当たった！　悪魔部分に当たった！

本当は、体のど真ん中を狙ったのだが、奴は体を捻《ひね》るようにして躱したのだ。

そしてソーラレイは、奴の左腕に命中した。

奴の左腕は吹き飛んでいる。

どうやら悪魔部分の防御力は、蛙魔物ほどは高くないようだ。

「ヒョーヒョッヒョッヒョヒョ、これほどの光魔法を使えるとは流石『聖者』といったところですか。ですがねぇぇぇ、すぐ再生できてしまうのですよぉぉぉ、ヒョーヒョッヒョッヒョヒョ」

悪魔はそう言うと、自分の腕を再生してみせた。

本来赤黒い腕だったはずだが、再生された腕は全体に黒くテカっている。

これは……蛙魔物と同素材の腕が生えてきたのか？　吸収融合しているだけあって、そんなことまでできるのか？

ということは……その腕は防御力が上がっているということか⁉

だとすると厄介《やっかい》だな。

仮にもう片方の腕を落とせば、そっちも強化されてしまうということだ。

やはり頭か胸を一撃で破壊するしかないな。

「マスター、蛙魔物自体は、どうやら防御特化の魔物のようです。メインの攻撃手段は、舌による打撃攻撃と思われます。ただ、状況によりあの巨体での圧殺、押し潰し攻撃もありえます。注意してください」

なるほど……ある意味厄介だが、ある意味助かるかもしれない。

こっちの攻撃が通らない防御特化型の魔物だが、その分攻撃の手数が少なく、俺たちの危険も少ないと言えるわけか。

まぁ危険が少ないと言っても、あの舌が直撃したら即死する危険もあるし、飛び跳ねられてあの巨体の下敷きになれば即死は間違いない。

ただ、あの巨体では初動さえ見逃さなければ、避けられるだろう。

もっとも、こんな考察をしていても意味がない。

倒すのに時間がかかれば、どんどんジリ貧になって、こちらに不利でしかないのだ。

「『大剣者』、舌攻撃を出したタイミングで、口の中にオートホースの一斉射撃を撃ち込めるか？」

「可能です。外皮よりは口内の方が攻撃が通る可能性が高いです」

「分かった。じゃあそっちは任せるぞ！」

「イエス、マスター」

『大剣者』は、颯爽《さっそう》と宙に浮かび上がり、オートホースの制御を始めた。

俺は、今までと違って自身が惹きつけ役となるために、悪魔体ではなく蛙魔物の体にソーラーレイをぶち込んだ。

連射したソーラーレイは全て命中したが、やはり内部の肉壁が強固なようで、貫通できなかった。

俺のソーラーレイが貫通できないなんて、いったいどんな構造になっているんだ？　まぁ文句を言ってもしょうがないんだが。

俺は、ラッシュを先頭とするパーティーから外れ別方向に移動し、さらに注意を惹きつけるようにソーラーレイを放った。

これで二方向から牽制している形になる。

蛙魔物は避けることもできずに、俺のソーラーレイを何発も受けているのだが、びくともしない。

しかもこの感じ……再生速度が速くなっている？

……あぁそうか！

ただの蛙魔物じゃないんだよな。悪魔、それも不完全とは言え上級悪魔と融合しているだ。

悪魔の再生力が存分に発揮されてるのか。

しかも、それは防御特化型魔物であるこの蛙魔物と滅茶苦茶相性がいい。

下手したら、ソーラーレイが体内を進んでいる側から再生をしているのかもしれない。

だが……次の攻撃はどうかな？

『大剣者』の準備ができたようだ。

「オートホース武装解禁！　バトルモード、フルアクティブ！」

『大剣者』のアナウンスとともに、オートホースの隠し武装が再び露わになる。

左右の脇腹が開き、ライフル型の魔法銃を握ったアームが飛び出す。

同時に開口し、筒状の砲台が突出する。

「ターゲットロック、ファイヤー！」

一斉掃射だ。

——ビュン！

——ビュン！

——ゴォォォォ！


見事蛙魔物の開かれた大口を捉え、着弾する。

——グゲェェ！


おお、結構なダメージが通ったようだ。初めて蛙魔物が大きくのけぞった。

蛙の頭上から生えている悪魔の上半身ものけぞり、顔は歪《ゆが》んでいる。

やはりダメージがある程度通ったと見て間違いない。

ただ倒すには、まだ遠い感じだ。

『『大剣者』、連射だ！』

「イエス、マスター」

オートホースは、すぐに連射体勢に入るが連射できたのはライフル型の魔法銃だけだ。

口の小型魔砲は、連射ができない。

そういえば、短い時間とは言えクールタイムがあるんだった。

ともあれ魔法銃だけでも撃ち込めたわけだが、蛙魔物は既に口を閉じていて、先程のようなダメージは与えられなかった。

「ヒョーヒョッヒョッヒョ、小賢《こざか》しいですねぇぇぇ。まさかまともなダメージを食らうとはねぇぇぇ。ですがぁぁぁ、こんなダメージも全く問題ありませーん！　どうですかぁぁぁ？　絶望しましたかぁぁぁ？　もっともっと絶望に打ちひしがれなさい。怨嗟の念を抱くのですよぉぉぉ！」

この悪魔……相変わらずイラッとさせてくれる。

さっきは苦痛に顔を歪めていたのに、また嗜虐の笑みを浮かべている。

くそ！

ん！　蛙魔物が何やら力を貯めているような雰囲気を出している。

まさか！

「みんな、退避だ！　蛙が跳ぶぞ！」

俺の言葉に、皆が警戒態勢をとる。

そして数秒後……蛙魔物の巨大が宙に浮かんだ。ジャンプだ！

やはり押し潰す気だった。

俺の指示で仲間たちや周りにいた兵士たちは、奴の動く方向を見極め回避したのだが——。


——ドスンッ。


着地の衝撃だけで、地面が揺れ土煙が巻き起こった。

みんな風圧に耐えている。

この場にいる王国軍第二大隊の兵士たちは、散開して周囲から襲ってきている魔物たちと戦っていたわけだが、今の大地の揺れと土煙と風圧で、混乱が起きている。

早く立て直さないと危ないな。

そして、そんなタイミングで東の奥から迫っていた大量の魔物たちが到着してしまった。押し寄せる波のようだ。

蛙魔物やトカゲ魔物を中心とした数多《あまた》の魔物の連鎖暴走《スタンピード》。

……これやばいな。

ぱっと見……二百、いや三百はいる。

後続もいるようだから、実際はその倍以上いそうだ。

「マスター、【アナライズ】の結果、押し寄せている魔物のレベルは、全て30以下です。高レベルの魔物がいないのは、不幸中の幸いです。ただこの数は危険です。そしてレベル30は、一般の兵士からすれば脅威のレベルです。このままでは、かなり大きな人的損害が出ると思われます」

まずいな……。

津波のように押し寄せられると……一度崩れたら終わりだな。

ある程度数が削れて緩やかになれば、この大隊の兵士たちなら対応できるだろうが。

しょうがない、一旦俺がこっちに回ってある程度数を削るか。

なるべく短時間でやって、すぐに戻ればなんとかなるだろう。

「『大剣者』、俺は少し連鎖暴走《スタンピード》の方に回る。悪いが、悪魔の対応を頼む。少しの間持ちこたえていてくれ」

「イエス、マスター。メンバーの陣形を立て直し、オートホースの機能を活かし、しばらく持ちこたえます」

「頼んだ」

俺は、後方、東側に向けて駆け寄った。そして、陣形を立て直している兵士たちの前に飛び出た。

大規模な魔物の群れは、もう目前だ。

俺はすぐに攻撃を開始した。

迫り来る蛙魔物、トカゲ魔物たちをソーラーレイで焼き払い、薙ぎ払う。

この通常の蛙魔物たちも、ある程度の耐久力はあるようだが、奴とは比べようもない。

俺のソーラーレイで簡単に撃ち抜かれ、簡単に体を蒸発させている。

俺は、兵士たちに合図を送りながら、俺の攻撃から漏れる魔物の対処を任せる。

俺は、さらに前に突き進みながら、ソーラーレイを撃ちまくる。

……よし、最初の集団は壊滅に近いくらい削《そ》いだな。一旦はいいかな。

後続ももうすぐ来るだろうが、兵士たちも態勢を立て直しているから任せても大丈夫だろう。

俺は兵士たちにそんな話をして、悪魔戦に戻った。

そして、そこで驚きの光景を目にする。

うーん、なんだあの半透明な防御障壁は？

先頭に位置し、みんなを守るように障壁を張っているのはオートホースだ。

そして何故かオートホースの頭には、巨大な一本角が生えている。

両脇腹から飛び出したアームは、本来ライフル型の魔法銃を持っているはずだが、今は杖のような物に持ち替えられている。

その両アームの杖と一本角からエネルギーのようなものを出して、防御壁を形成しているようだ。

こんな機能があったのか……？

「マスター、これはオートホースに搭載されていた隠し機能です。戦闘中も解析を進め不具合を調整し、なんとかリリースすることができました。現在の一本角の形態は、防御重視の『鉄壁の乙女ユニコーンモード』です」

なるほど……そんなモードが搭載されていたのか。

てか、使えなかったそのモードを、使えるようにしたわけね。

密かにそんなことをしていたのか……。しかも戦闘中も継続して……。相変わらず『大剣者』ってすごいな。

それにしても……モードのネーミングが……。まぁいいだろう。

「このモードは、攻撃行動が取れませんが、強力な防御シールドを展開することができます」

「なるほど、本当に防御特化なんだな」

「ただ、防御能力が強力な分、長くは維持できません。

魔力消費が激しいのです。現に、今も大量に消費されています。

事前にオートホースに投入されていた『魔芯核《ましんかく》』が全て消費されそうです」

おお、あまり深く考えたことがなかったが、オートホースの強力な武装は『魔芯核』から魔力を抽出しているのか。

ということは……小型の『魔芯核』炉が内蔵されているということか。やはり超高性能ゴーレムだな。

だが考えてみれば、それも当然か。

あの一斉射撃のフルバーストも、普通に考えればかなりの魔力が必要なはずだからな。

そして当然のことながら、エネルギー消費の激しい防御シールドを張り続ければ、貯蔵されている『魔芯核』もどんどん消費されてしまうわけだ。

「ちなみに……もう一つ隠しモードがあります。それは『無慈悲なる漢《おとこ》バイコーンモード』といって、攻撃特化型のモードです。二本の攻撃用の角が装備され、接近戦も遠距離戦もでき、フルバーストも〝真のフルバースト〟になるようです。強敵への突貫攻撃も、広範囲多数に対する殲滅攻撃もできるようなのですが、未だ調整中で使用はできません」

おっと、戦闘中にもかかわらず、追加情報。

まだ隠しモードがあるのか、しかもすごそうなやつが。

だが、今使えないなら考えてもしょうがないな。

まぁ仮に使えたとして、この蛙魔物融合上級悪魔に通じたかどうかは分からないけどな。

それはともかく……オートホースが凌いでくれている間に、どうにか打開策を考えないと。

と思ったのも束の間、蛙魔物はまた何やら予備動作的な感じの動きをしている。

何か……力を貯めているような感じだが、また跳ぶのか？

さっきとはちょっと違う感じだが……？

ん！　口を大きく開けた！

考えすぎだったのか、通常の舌の攻撃か……。

いや、違う！

「マスター、魔力が口に集積されているようです！　広範囲に及ぼす強力な攻撃かもしれません。回避を！」

「みんな、強力な攻撃に備えろ！」

「オートホース、防御シールド広範囲展開！　最大出力！」

『大剣者』の警告を受け、俺がみんなに指示を出すと同時に、『大剣者』自身もオートホースの機能を最大にしてくれたようだ。

俺は、オートホースの張る障壁がカバーできるギリギリに移動し、身構える。

もし思ったよりも広範囲だった場合、別方向で魔物と戦っている兵士たちにまで被害が及ぶ可能性がある。

状況を見極める必要があるのだ。


――ゲゴォブハァァァァァァ！


不気味なまるでゲップのような声とともに、大量の水飛沫《しぶき》がブレスのように放射された。

俺たちのパーティーに向けて放ったので、ほとんどはオートホースの防御障壁で防いでいるが……泡沫のように飛び散ったので、多少は範囲外にいた兵士にもかかってしまった。

それにしても、この液体はなんだ？

まさか溶解液とか？

「マスター、今のシールドの広範囲展開によりオートホースの『魔芯核』の残量が限界です。一旦下げます」

オートホースは限界か……だが、よく今の攻撃を防いでくれた。

「分かった。そうしてくれ」

「ヒョーヒョッヒョッヒョヒョ、そこの目障りなカラクリは逃がしませんよぉぉぉ！　ピンポイントの追撃でーす！」


——ピュッ。


久しぶりに悪魔が声を発したかと思ったら、オートホースをターゲットにして、攻撃を仕掛けた。

だがそれは、先程のブレスのような規模のものではなく、放水と言っていいほどの水流だった。

本当にピンポイントにオートホースだけを狙ったらしい。

だが、オートホースは、避ける間もなく水流を受けてしまった。

「ヒョーヒョッヒョッヒョヒョ、この蛙の粘液には溶解効果もあるのですが、それが主眼ではないのですよぉぉぉ！　この攻撃の名は、オイリーブレス！　発火性の特殊な粘液は、纏わりつく炎となって、消えない炎となって、長く苦しめることができるのですよぉぉぉ！　ヒョーヒョッヒョッヒョヒョ、——パチンッ」

悪魔は饒舌《じょうぜつ》に語った後に、指をパチンと弾いた。

すると、小さな火の粉が広範囲に発射された。

この火の粉自体に大した攻撃力があるようには思えないが……。

——ボワッ。


オートホースに着火して、一瞬で火ダルマになった。

「マスター、先程の水のブレスは、悪魔が言っていたように油性のブレスのようです。そして粘性の特殊な油のようです」

そうか、まずはオートホースの火を消さないとな。

だが俺の仲間たちには……消火ができるような水魔法を持っている者はいない。

どうするか？

そうだ、あれを使おう。

俺は、『聖剣カントローム』を取り出した。

「聖なる突風《ホーリーブラスト》！」

俺は、聖剣の剣先から砂塵の突風を発射して、オートホースに当てた。

火に対して風を当てても、普通なら逆に威力を高めるだけなのだが、このホーリーブラストは砂塵交じりの風なので十分消火できると考えたのだ。

だが……消えない。

「ヒョーヒョッヒョッヒョヒョ、面白い見せ物ですねぇぇぇ。ですが、残念でしたぁぁぁ！　その火は纏わりつく火なのでーす！　簡単には消えないのでーす！　ヒョーヒョッヒョッヒョヒョ」

この悪魔……見下して、楽しんで、馬鹿にしている。

ほんとにむかつく！

だが早くオートホースをなんとかしないと。

いくら頑強なゴーレムとは言え、このままではいずれダメージを受けてしまうだろう。

ん、悲鳴？

少し離れたところから、叫び声が聞こえる。

確認すると……かなりの数の兵士が燃え上がっている。

どうやら西側で戦っていた兵士たちに、先程のブレスの泡沫がかかっていたようだ。

それに引火したらしい。腕や足に火がついている兵士が何人もいる。火ダルマになっている者はいないが、振り払って消そうとしても消えない火に阿鼻叫喚《あびきょうかん》だ。

周りの兵士たちが集まって叩いたり水筒の水をかけたりしているが、消えない。

「ヒョーヒョッヒョッヒョヒョ、あの人間ども、いい感じでーす！　すぐには死なないのですよぉぉぉ。消えない火に焼かれながら絶望し、上質の怨念を抱く。最高でーす！　ヒョーヒョッヒョッヒョヒョヒョ」

ふざけやがって、このクソ悪魔が！

俺が感情のまま、動こうとしたその時だ――。


――ドスン、ドンドンドン。

燃える兵士たちの近くに見知らぬ小柄な集団が現れ、ツルハシで地面に穴を掘り出した。

そしてあっという間に、池のようなものを作ってしまった。

とても人間技とは思えない早さだ。

突然の謎集団の登場だが、何故か悪意のようなものは感じない。

燃えている兵士たちも、周りで助けようとしている兵士たちも、呆気に取られて見つめている。

そして――。


――ビシャャャ。

――ビシャャャ。

――ビシャャャ。


今度は茂みから何本もの水流が飛んできて、掘られた穴に入っている。

まるで水を注いでいるようだ。いや、水を注いでいるんだ。

池を作っているのか？

「え、あれってカッパル!?」

クラウディアさんが驚きの声を上げた。

確かによく見れば、茂みに何かの動物がいる。クチバシから水を出しているように見える。

【望遠】スキルを使ってしっかり確認すると……四足歩行の生物がクチバシのような口から放水している。

そして、その上には人が騎乗している。

これはやっぱりカッパル！　幻獣とも言われる幻の騎乗生物。

大きなトカゲのような四つ足の体、背中に亀の甲羅のようなものをつけている。口が鳥のクチバシのようになっていて、頭には大きな皿のようなものが乗っている。

本でしか見たことがないが、おそらくそうだろう。

【アナライズ】で確認すればいいか。

……やはりそうだ！　間違いない、カッパルだ！

なんだ!?

今度は一体のカッパルが、茂みから飛び出して来た。

綺麗な女性が乗っている。

すごいスピードで燃えている兵士に近づいて、今作った池に投げ込んだ。

騒然とする兵士たちを無視し、どんどん火のついた兵士を投げ込んでいる。

これって……もしかして助けてくれているのか？　……もしかしなくても、助けてくれているんだな。

即席の池に溜まった水が特殊なのかどうか分からないが、水の中に燃えている部分を浸し続けることによって、火が消えている。

『『大剣者』、オートホースをあの池に浸すんだ！』

「イエス、マスター」

火ダルマ中だったオートホースは、宙を滑るように飛行して池に飛び込んだ。かろうじて飛行できる程度の魔力エネルギーは残っていたようだ。

オートホースが火ダルマになっているからか、再び茂みの中から何本もの放水が飛んできた。それがオートホースにかかり、オートホース自身もしゃがみ込む体勢になったので、全身に水が回り完全に鎮火できたようだ。

火に纏わりつかれた者全ての鎮火を見届けたからか、カッパルに乗った女性と藪《やぶ》に隠れているその仲間たち、そして最初に穴を掘ってくれた小柄な謎集団は、さっと森の方に消えてしまった。

突然現れ、助けてくれた人たちだが、自分たちの役目は終わったとばかりに消えてしまった。

だが俺は、【アナライズ】で確認していた。

あの小柄な謎集団は……『ノッカー族』と【種族】表示されていた。

そしてカッパルに騎乗した女性は……『河童族《かっぱ》』と。

どうやら、この『北端魔境』には、妖精族やそれに類する人たちが暮らしていたようだ。

本当ならお礼を言いたいところだが、今はその時ではないだろう。戦いの真っ最中だし、まずはこの戦いを生き残らなければ。

「ヒョーヒョッヒョッヒョヒョ、これはまた面白い！　近くに面白い者たちが住んでいるようですねぇぇぇ。新たな楽しみができましたよぉぉぉ！　この場の者たちを皆殺しにしたら、次はあの者たちを探しに行きましょう。楽しい狩りができそうでーす！　ヒョーヒョッヒョッヒョヒョ。

あぁ、本当に受肉して良かったでーす。不完全の受肉ですが、むしろこの方が楽しいでーす。

何故もっと早くしなかったのでしょう。ヒョーヒョッヒョッヒョヒョ」

今の一連の動きに対して全く妨害をしないと思ったら、この悪魔楽しんでやがる。

火で甚振りながら殺すと言っても、元々火に焼かれていた者は全体から見れば僅かだったし、こいつにとってはどうでもいい作戦だったのだろう。楽しんでいる以外の何物でもない。

ほんとにふざけた奴だ。圧倒的強者として、俺たちを遊びながら蹂躙《じゅうりん》するつもりでいるんだ。

そして俺たちを皆殺しにした後は、今の二つの種族も殺すつもりだ。

これは絶対に負けられない。助けてくれたあの人たちを殺させるわけにはいかない。

「マスター、蛙魔物のオイリーブレスは連射ができないようですが、戦いが長引けば再度発射される可能性があります。先程のブレスでかなりの魔力を消費したようで、今までよりも動きが鈍い感じです」

『大剣者』から状況報告だが、ちょっとしたチャンスということか。

「そうか、じゃあ今が仕掛け時か？」

「はい、先程まではマシな程度ですが」

「分かった。ここに賭けてみよう」

俺はそう言いながら、ラッシュたちの方に近づいた。

「俺とラッシュで攻撃に出る！　クラウディアさんは援護射撃、イリーナも基本は魔法で援護してくれ。状況に応じて氷の槌《つち》で打撃攻撃してもいい、任せる。フランソワは回復で援護を頼む」

「分かりました、先輩」

「オッケーよ、仕掛けるのね！」

「任せて、状況に応じて直接攻撃に移る！」

「分かりました。私は全体を見てフォローします」

みんな即座に返事をして、改めて気合を入れてくれている。

そして『大剣者』は……頼むぞ。

よし行くぞ！

俺とラッシュは、並走して走り込む。

俺は『聖剣カントローム』を構え、ラッシュはいつもの短剣二刀流。

蛙魔物の両腕に、それぞれ斬り込む。

俺たちに舌攻撃が来ないように、蛙魔物の口を狙ってクラウディアさんの魔法銃とイリーナの火魔法が連射されている。

蛙魔物の左腕に接近したラッシュは、小刻みな動きで連続の斬り付けを放つ。

俺は、加速して右腕に飛び込み、そのまま全力で聖剣を横薙ぎに振るう。

腕の一番細いところを狙った一撃は、角度も良かったのか、見事に腕を切断した。

それにより、蛙魔物は体勢を崩し横にぐらついた。

「今だ！　大剣者大車輪！」

密かに上空で待機した『大剣者』の必殺技を発動する！

狙いは、蛙魔物の頭頂部にある悪魔の体だ。

縦回転しながら空中を飛来する『大剣者』が、不意打ちの角度から悪魔の体を両断する！　はずだったのだが――。


――ビュンッ、ガキンッ。

蛙魔物の舌が瞬時に伸びて、斬り付ける直前の『大剣者』を下から上に弾き飛ばした。

蛙魔物（というか悪魔）は、防衛本能のように瞬時に舌でガードしたのだ。

そしてそのまま伸びた舌が俺に降りてくる！

まずい！

俺は咄嗟に躱したのだが、その動きを追ってくるように舌が微妙に横にずれた。

そして——。


——バゴンッ。


俺に直撃した。特に右半身に……。

丸太のような巨大な舌は、そのまま地面に当たり大地を穿《うが》った。

俺は、土煙とともにぐるぐると地面を転がった。

……ぐぬぬぬぬ……意識が飛びそうだ。

特に右半身のダメージが酷い。

右腕、右足が血だらけでかなりのダメージだ。

頭からも出血していて、視界が赤く染まる……。

「ヤマト先輩！」

「ヤマト君！」

「ヤマト君、しっかりして！」

「ヤマト君！　すぐに、すぐに回復するわ」

ラッシュ、クラウディアさん、イリーナ、フランソワが駆けてきているようだ。仲間たちの声が

ぼんやり聞こえる。

……あぁこの感じ……久しぶりだ。

死を覚悟するこの感じ……何度目だろう？

最初は……この『北端魔境』に来てすぐに出会った巨大な鹿魔物との戦いの時だった。

そこで死を覚悟した時に、テラス様によって力を授けられたんだった。

二度目は……前回の戦い、これも同じく鹿魔物だった。

強敵だった、悪魔因子が融合して強化されていた。この『北端魔境』のエリアボスでもあった。

何故か薄れゆく意識の中で、そんな回想をしてしまった。

そして頭の中に丸いイメージが浮かぶ。

これは……あの時手に入れたメダリオン。

確か……『クチヨセ魔境第九エリアのメダリオン』……『クチヨセ魔境第九エリアのエリアマスター討伐を示すメダリオン。特定の条件を満たすと、口寄せ可能』と表示されていた。

……『口寄せのメダリオン』……この言葉が何故か頭にこだまする。

そして……無意識で出してしまったのか、血まみれの右手にそのメダリオンを握っている。

……『口寄せのメダリオン』……俺に力を貸してくれるのか……？

そうだ、このままやられてしまうわけにはいかない。

テラス様にも誓った、俺の下に集まってくる人たちを家族のように大事にすると、守ると。

このまま俺がやられたら、みんなもやられてしまう。

悪魔を倒さなければ！

あいつを倒す力が欲しい！

『口寄せのメダリオン』……何か力を持っているか？　そうであるなら、俺に力を貸してくれ！

頼む、守る力が欲しいんだ！

そう強く願った時――ボロボロで力が入らないはずの俺の右腕は力強くメダリオンを握り締めていた。

さらに全身全霊で願う！　たとえ俺が死んだとしても、仲間たちだけは助かってほしい！

いや駄目だ、仲間を守るためにも生きないと！　仲間とともに生きるんだぁぁぁ！

その時――掌《てのひら》のメダリオンが青い光を発し、俺の手から離れゆっくりと空中に舞い上がった。

そして何故か俺の意識は、はっきりしてくる。

頭には発動真言《コマンドワード》が浮かぶ。無意識に口が動く。

「我の血と熱き想いにて命じる！　我の力となる者よ、顕現《けんげん》せよ！　偉大なる力とともに！　今、口寄せのメダリオォォォン！」

次の瞬間、空中に浮かんでいたメダリオンから赤い光が周囲に放射され、円形の魔法陣を描いた。

今の俺には直感的に分かる。このメダリオンによって、『口寄せ』という名の召喚ができるのだと。

そしておそらく、このメダリオンの主であった『クチヨセ魔境第九エリアのエリアマスター』

……そう、あの鹿魔物が召喚されるのだと。

だが……なんだ？

空中に広がった赤い魔法陣が、少し歪むようにザラついている。

これは……何かまずいのか？

そう思った時、頭の中に声が響いた。


――召喚対象データエラー。

――後天的な悪魔因子融合で、データ照合及び再構成不可能。

――非常システム起動。

――補助システムにより類似個体検索、対象確定、緊急代替召喚を行います。


やはりあのエリアマスターが召喚されるはずだったようだが、悪魔因子が融合していたから、それが不具合になったみたいだ。

そして……緊急代替召喚と言っているが……？

おお、空中の魔法陣が大きく輝いた！

そして、赤い魔法陣の下に巨大な鹿魔物が現れ……え、同時に女性が四人現れた。


――緊急代替召喚の対象が、戦闘中であったため、近接戦闘中の者の安全を考慮し、一蓮托《いちれんたく》生《しょう》として召喚しました。

――召喚に中途半端に巻き込まれ負傷することを避けるための次善の策です。

――巻き込まれた者たちは、召喚解除と同時に元の場所に戻ります。


追加でそんなアナウンスが響いた。

改めて四人の女性に目を向けるが、魔法陣から弾かれるように外側に押し出されている。

そして尻餅をついて呆然としている。

無理もない。魔物と戦闘していたら、突然訳の分からないところに飛ばされたんだからな。

ん、今度は赤かった魔法陣が青く変色して、光り輝いた。

そして、その光が鹿魔物に収束されていく。


――『口寄せ獣』としてのデータ取り込み及び再構成及び登録完了。

――イレギュラーでのデータの新規取り込みであることを利用し、巻き込まれた勇者の血と想い、そして口寄せ主である聖者の血と想いもデータも取り込み、強化再構成しました。

――聖獣としての特質を備えた『口寄せ獣』として、データを完成、登録しました。

――これは『クチヨセ魔境』の『口寄せ獣』システムとして、画期的なことです。

――対象『口寄せ獣』は聖なる属性を帯び、絶対服従の証《あかし》である『服従の瞳』が金色になっています。

――『服従の瞳』の金色は、能力、賢さ、忠誠が最上級であることを表します。

またまたアナウンスが響いた。

この口寄せ召喚は、事故的な感じでイレギュラーなものになってしまったようだが、それを利用したのか、さらにもっと複雑な状態になっているようだ。

だが、どうやら通常よりも強い『口寄せ獣』になったようなので、俺としてはありがたいことだ。心強い助っ人だ。

そして、再び巻き込まれてしまった四人の女性に目を向ける。

俺のせいで巻き込んでしまった形になって、申し訳ない気持ちでいっぱいだ。

「ミーアちゃん！」

「レオナさん！」

クラウディアさんとラッシュが、声を上げた。

どうやら知り合いがいるらしい、というか……見覚えがある！

一人は……〝勇者選抜レース〟第三位だった勇者候補パーティーの勇者候補の娘だ。クラウディアさんが呼んだ名前からしても間違いない。

そしてもう一人は、その勇者候補パーティーのサポート部隊の娘か。見たことがある。

他の二人は……分からないな。一人は小さな女の子で、乳母車に乗っているが……。

ピンチからの怒涛の展開で、みんな浮き足立っているが……悪魔も興味深そうに見ている。

こいつが完全に舐《な》めてくれているおかげで、攻撃されないのは助かるが、雑魚を見る目で楽しんでいる感じが相変わらずむかつく。

「我が主《ぬし》よ、我は『口寄せ獣』、そして聖なる獣『ホーリー・シザースディア』。『鹿の神獣アメノカク』の眷属《けんぞく》としての力を得た者です。『口寄せ獣』となったことにより、そして、主様と勇者様の血と想いを授けていただいたことにより、力を授かった者にございます。永遠の忠誠をお誓いいたします。何卒《なにとぞ》、ご命令を」

おっと、『口寄せ獣』が突然話し出した。

すごいな……会話ができるのか。

だが、のんびり話をしている場合ではない。

「俺はヤマトだ、よろしく頼む。早速だが、あの蛙魔物と融合した悪魔を牽制してくれ。奴の動きを止めてくれればいい」

その間に、俺たちは態勢を立て直す」

「拝命いたしました」

『口寄せ獣』は返事をすると、跳ねるようにして蛙魔物に向かっていった。

巨大な鹿魔物……まぁ今は魔物ではないが、味方になると頼もしい限りだ。

こっちは、みんなと態勢を立て直し、巻き込まれた四人とも少し話をしなければな。

というか、よく考えたら俺は瀕死だったはずだが、今は全くなんでもない。

フランソワが回復魔法をかけてくれたというのもあるが、何か……口寄せ召喚の発動で劇的に回復したような気がする。まぁ今考えてもしょうがないが。

俺は、巻き込まれた四人に走り寄った。

既にラッシュたちは駆け寄って話をしている。

「ヤマト君、ミーアちゃんとレオナちゃんよ。どうも鹿魔物と戦っていて巻き込まれてしまったみたい」

クラウディアさんが、聞き取ったことを端的に教えてくれたので、俺は今起きた口寄せ召喚のことを手短にみんなに説明した。

そして、四人に巻き込んだことを詫《わ》びた。

「なるほど……そんなことが……。鹿魔物に苦戦していたけど、もっと大きな敵がいたってことですね」

「これはやるしかないね。私たちも一緒に戦います！」

ミーアさんとレオナさんがそう言って、頷き合いながら拳を握った。即座に参戦する決断をしてくれたようだ。

「ほほう、悪魔とは面妖なり。私は、全ての理不尽に抗う者、孤高の女侍サオリーンと申す。事情は理解した、助太刀します」

「うちは、アオタンだよ。伝説の女忍者なり！　そしていずれ……くノ一に至る者なり！　悪い悪魔はやっつけちゃうよ！」

初対面の二人も、いきなり協力してくれるようだ。

この二人は、旅の途中でミーアさんたちが出会った訳ありの女侍と女忍者の母娘ということだ。

娘さんの方が猫の亜人だから、血の繋がりはないのかもしれないが……まぁ今はどうでもいいことだな。

頼もしい味方が、四人も増えてくれたことに感謝しよう。

俺は、四人にお礼を言って、ミーアさんに『聖剣カントローム』を差し出した。

「これは聖剣です。〝勇者〟の【称号】を得ているあなたなら、使いこなせるはずです」

俺がそう言うと、彼女は驚きに目を見開いた。

そう、【アナライズ】して分かったのだが、彼女は〝勇者〟の【称号】を得ているのだ。

そんな彼女なら、この聖剣の力も引き出せるはずだと思い、渡したわけだ。

俺には『大剣者』があるし、ミーアさんが力を引き出せるなら、使ってもらった方がいい。

俺の発言に、みんな驚いている。

いや、レオナは驚いていないようなので、彼女は知っていたのだろう。サオリーンさんとアオタンちゃんも驚いてないので、彼女たちも知っていたのかも。

「いいんですか？」

「もちろん。戦力も武器も出し惜しみしている場合じゃないから、使ってくれると嬉しいんだけど……」

俺が無理矢理渡すように、さらに聖剣を突き出すと彼女は受け取った。

そして彼女は意を決したように、強く聖剣を握り込んだ。

すると、聖剣がうっすら青く光った。

俺の時と同じだ。

やはり〝勇者〟の【称号】を持つ彼女には、使いこなせるようだ。

俺を見て大きく頷くミーアさん。

よし、これでさらに戦力アップだ。

ミーアさんは槍の方が得意みたいだが、剣の訓練もしていたようなので問題ないだろう。

ミーアさんとサオリーンさんは前衛、レオナさんとアオタンちゃんは中衛といった感じのようだ。

俺たちは、簡単に陣形の打ち合わせをして、悪魔に対峙した。

◇

『口寄せ獣』のシザースディアは、十分な牽制をしてくれていた。

なんとなく悪魔が嫌がっている感じがあるから、やはり強力な戦力として期待できそうだ。

これなら俺たちパーティーと連携すれば、なんとかなりそうだ。俺たちのターンが来たといったところか。ここは勢いのまま一気にいく！

「シザースディア、正面を頼む！　そのまま注意を惹きつけろ！　前衛四人は、散開して各個攻撃！」

俺は指示を出した。シザースディアはいいとして、前衛四人が散開して攻撃するというのは、パーティー戦では基本ありえない戦術だ。

蛙魔物を取り囲むように各々《おのおの》散開し距離を取って戦うのだから、パーティーとしての戦闘態勢はほぼ崩れてしまう。

中衛後衛を守りながら前線を維持するという前衛の役割を放棄したような戦術である。

だが、あえてそうしたのだ。

これには、シザースディアの存在が大きい。

蛙魔物を十分に惹きつけて、簡単に吹っ飛ばされるようなこともない。前衛として、タンク的な役割で戦線を維持できているのだ。

それゆえに、中衛と後衛のメンバーにはシザースディアの後方に位置してもらい、援護攻撃をしてもらう陣形にしたのだ。

シザースディアを前衛とした形でパーティー陣形を維持し注意を惹きつけてもらい、本来の前衛四人は全方向から一斉攻撃を仕掛ける。

そんな今までとは違った展開に持ち込もうというわけだ。

まぁ実際は、力押しの行き当たりばったりな戦術とも言えるが、俺には『大剣者』があるし、ミーアさんには悪魔に優位な聖剣を渡してある。

ラッシュは、上級悪魔に有効な武装は持っていないものの、激しい動きでレベル差をものともせず攻撃できている。

サオリーンさんの実力は未知だが、前衛四人が四方向から攻撃すれば、今までとは違う展開が期待できる。そう信じてみんなが動いているのだ。

「行きます！　ほら、ほら、ほら！　斬って、斬って、斬りまくる！　手数では負けない！」

ラッシュが、蛙魔物の右前方から気合の入った連撃で襲いかかる。

「こっちは私が！　えいっ！」

ミーアさんは、左前方から聖剣を突き出す。

「抜刀、一閃！」

サオリーンさんは、独特の低い体勢から一気に蛙魔物の左後方から迫る。体の動きと一体化したような鞘からの抜刀だ。

あの刀といい、あの技といい、おそらく抜刀術というやつだろう。強力な一撃だ。

今度は俺の番だ。

俺は、蛙魔物の右後方から『大剣者』を振り下ろす！

ほぼ同時とも言える四人の連続攻撃は、蛙魔物に避けられることもなく命中した。

流石にダメージを受けた蛙魔物は、ゲゴォという鳴き声とともに体をブルブル震わせた。今までにない動作だ。

結構効いてくれたようだ。

だが……なんだこれは？

体表面が……ドロドロになっている。若干泡立っているような感じでもある。

何かを分泌してるのか？

ある程度のダメージ量に達したからなのか？

だが……どうやらこれは、防御のための新たな能力みたいだ。

俺たち前衛陣の後に攻撃していたクラウディアさんの魔法銃もイリーナの火魔法も、ほとんどダメージを与えられていない。

体表面の粘液が大きく威力を削っている。

ただでさえ強固な外皮の上に保護粘膜のようなものを出したのか？

一瞬、先程口から吐いたオイリーブレスと同じものかとも思ったが、そうではないようだ。

イリーナの火魔法が着弾しても燃え上がることもないし、レオナの『魔導手榴弾』が当たっても燃え広がることはない。

「ヒョーヒョッヒョッヒョヒョ、なかなかやりますねぇぇぇ。面白いですねぇぇぇ、愉快ですねぇぇぇ。この蛙魔物は攻撃力が高くないですが、その分防御力が高い。甚振る相手を間違って殺してしまう可能性も低く抑えられますし、多少攻撃を受けてもびくともしない。状況に楽しむにはもってこいですねぇぇぇ。

いやー我ながら素体のチョイスは、大正解でしたねぇぇぇ、ヒョーヒョッヒョッヒョヒョ。本当にこの素体は優秀でーす。攻撃が当たる希望、だが致命傷は与えられない絶望、希望と絶望の間を魂が揺れるというのは、本当に良いものでーす。あなたたちは、本当に素晴らしいでーす！

ご褒美として、この蛙魔物の能力を十分にお見せしちゃいましょう！　新たなるお遊びですよ！

パチンッ」

悪魔が愉快そうに口角を吊《つ》り上げ、指をパチンと弾いた。

――ゲコゲコゲコゲコ。

蛙魔物が不気味な鳴き声を上げ、体を揺らし始めた。

そしてその場に突っ伏し、腹を支点に駒のように回転した。

うわぁっ――――。

突然襲ってきた腕に、俺は弾き飛ばされてしまった。

蛙魔物は腕と足を伸ばし、コマのように回転したのだ。当然周りにいる者は弾き飛ばされる。

俺だけでなく、ラッシュ、ミーアさん、サオリーンさんも吹っ飛ばされている。

飛ばされながらの視界で捉えたのは、シザースディアまでもが弾かれ飛ばされる姿だった。

くそ……やられた。

みんな大丈夫だろうか。かなりの衝撃だったはずだが……。

うぐぅぅ……弾き飛ばされ地面を転がって止まったところで確認すると、俺の【身体力《ヒットポイント》（HP）】は1だった。

だがこれは、直接受けたダメージだけではない。

【献身】スキルの発動によって、仲間たちのダメージの半分を引き受けた結果でもある。

だから、みんな生きているはずだ。

召喚に巻き込まれて現れたミーアさん、レオナさん、サオリーンさん、アオタンちゃんも【献身】の対象者に追加指定してあった。

だから彼女たちも大丈夫なはずだ。

俺は意識を手放さないようになんとか踏みとどまっているが、正直きつい。

自分が直接受けたダメージと、【献身】で引き受けたダメージのダブルは、かなり効く。

早く回復魔法をかけないとまずい。

もし今追撃を受けたら……生きてはいられないだろう。

だが意識が朦朧《もうろう》として……回復魔法の発動がおぼつかない。

その時、空中に回復薬の瓶が現れ『大剣者』が斬り付けた。

直後、割れた瓶と共に回復薬が俺の体にかかった。

あぁ助かった。全快ではないが回復した。一気に楽になった。

どうやら『大剣者』が【亜空間収納】から回復薬を取り出し、俺にかけてくれたようだ。

ナイスフォローだ。流石俺の相棒だ。

「『大剣者』、助かったよ」

「マスターのフォローは当然です」

俺は、すぐに【光魔法――光の癒し手】を発動し全回復した。

ふう、これで一安心だ。

あとは、みんなの状態を確認しないと、
みんなバラバラに吹っ飛ばされているから、集まって態勢も立て直さないといけない。

俺は、走りながら仲間たちに【献身】スキルを発動する。

【献身】の対象者として指定している彼女たちが受けたダメージは、受けた時点で半分自動的に俺が肩代わりするわけだが、今ではそれとは別に残っているダメージを、任意に後から半分引き受けることもできる。

つまり先程の攻撃直後は、彼女たちの受けたダメージの半分を自動的に引き受けたわけだが、今はまだ半分のダメージが残っている状態だ。

本来なら回復魔法をかけるか回復薬を渡せば良いのだが、みんなバラバラで距離がある。

それを一気に解消する手段として【献身】スキルを再発動させ、残っている半分のダメージのさらに半分を引き受けることにしたのだ。

当然俺のＨＰはまた激減するが、今なら意識を失いそうになることもなく自分ですぐに回復魔法をかけることができる。念のため回復薬も握っているし、大丈夫だ。

そんなわけで改めて【献身】スキルを発動させたので、みんなだいぶ動けるようになったようだ。

俺は声をかけながら、中衛後衛がいたあたりに集まるように誘導する。

そして、一旦弾き飛ばされたシザースディアに、再び前線で蛙魔物を牽制するように指示を出す。

「アオタンッ、大丈夫？」

サオリーンさんが、心配そうにアオタンちゃんに駆け寄る。

アオタンちゃんは気を失っていたようだが、サオリーンさんに抱き起こされ、意識を取り戻した。

それはいいのだが……二人の手が光っている！

二人ともそれに気づいたらしく、光る左手を顔の前に持っていった。

よく見たら光っているのは指輪のようだ。二人とも左手の人差し指に指輪を嵌めていて、それが青く光っているのだ。

「これは……」

「召喚の指輪が……」

二人が驚いて、顔を見合わせている。

「召喚させてくれるのね」

「そうだよ」

「また力を貸してくれるのね、ありがとう」

「母、やろう！」

「そうね！」

二人は頷き合うと立ち上がった。

そして、指輪のある左手の拳を前に突き出した。

「式神召喚！　幻獣ネコマタ！　おいでリト！」

「式神召喚！　幻獣マメシヴァ！　おいでオマメ！」

二人の呼びかけ、というか多分発動真言《コマンドワード》だと思うが、それに呼応するように指輪がさらに強く輝いた。

そして、指輪に嵌っている青い石から煙のようなものが立ち上り、白い札のようなものが現れた。

その札は前方に移動すると、再び白い煙を出しながら丸い球体になって地面に落ちた。

丸い球体が一瞬で弾けると、そこには——えーっと……？

えーっと……子猫？　子犬？

……うーん、どういうことだろう？

サオリーンさんとアオタンちゃんの様子から察するに、召喚獣を召喚したんだろうけど……どう見ても可愛い子猫と子犬なんだが。

子猫は「にゃー」と鳴きつつ喉《のど》をゴロゴロ鳴らしているし、子犬は「わん」と鳴いて尻尾をフリフリしている。

どこをどう見ても……豹柄《ひょうがら》の可愛い子猫と茶色の立ち耳巻き尻尾の子犬だな……。

「リト！」

「にゃー」

「オマメ！」

「わんわん」

サオリーンさんは子猫を、アオタンちゃんは子犬を、目をうるうるさせながら抱きしめている。

……うーん、なんだろう？　この戦場にはそぐわない不思議空間。

仲間たちも驚いているが、子猫と子犬の可愛さに……顔が蕩《とろ》けているよ。

やばい、戦場であることをみんなが忘れそうだ。

「みんな、シザースディアが牽制してくれている間に態勢を立て直そう！」

俺の声かけに、皆我に返って武器を構え戦闘態勢を整えた。

俺は、仲間たちに改めて【光魔法――光の癒し手】をかけ、万全の状態にした。

ただ、サオリーンさんとアオタンちゃんだけは、相変わらずデレているので声をかけることにする。

「その子たちは召喚獣ですか？」

「はい、式神召喚という特別な形式で呼び出す召喚獣です。この子たちが来たからには、あの悪魔も倒せる可能性があります！　お任せあれ！」

サオリーンさんの力強い言葉に、俺は一瞬固まってしまった。

本気で言っていることは分かるのだが……俺にはただの可愛い子猫と子犬にしか見えないのだ。

だから、ちょっと固まってしまったのだ。

多分……「え？」みたいな感じの表情になっていたかもしれない。

そして、サオリーンさんはそれを読み取ったかのように、早口で語りだした。

「この子たちは、見た目はこんなに可愛いですが、強き者たちです。式神召喚の指輪を手に入れてから、戦闘中に召喚できたのは過去に一度だけですが、想像を絶する強さでした。

リト、本当はリトルという名前ですが、この子は『幻獣ネコマタ』です。異国で崇拝されているという『豊穣と平癒の守護女神バステト』の眷属とも言われています。破魔の力と守護の力を持っています。

オマメは、『幻獣マメシヴァ』です。異国で崇拝されている『再生の破壊神シヴァ』の眷属です。凄まじい破壊力を秘めた子です。あと、再生の……癒しの力も持っているので、抱っこしているだけで体の具合が良くなったりもします。

この子たちが来《きた》れば、我らに勝利以外の道はないも同じ！　安心して我らにお任せあれ！　案ずるより産むが易《やす》し！　勝利も易し！　好物はお寿司《すし》！」

そう言ってサオリーンさんは、ドヤ顔をしつつ親指を突き出した。

なんだろう……クールな感じの女侍さんかと思ったのだが……この残念な感じ……。そしてこの場違いというか、空気を読まない感じ……。

考えたら負けなような気がしてきた。

……とにかく、子猫も子犬も見かけによらず凄い子たちらしいから、信じることにしよう。

「マスター、現状の戦力分析を完了し、作戦を立案しました。思わぬ助っ人の登場により、大きな可能性を引き寄せていると考えます。そして、私自身に対する緊急の全力アクセス、全方位アクセスにより、なんとか二つの必殺技の解放に成功しました。それも含めた戦術を提案します――」

流石『大剣者』だ。助っ人として現れたメンバーの戦力分析をしてくれていたようだ。

この子猫や子犬に関しても、ある程度分析したのだろう。

さらには、戦いながらも自己の能力解放をもしていてくれたとは。

◇

俺たちは、『大剣者』の作戦を聞いた。そして、すぐに行動に移る。

悪魔というか蛙魔物は、シザースディアが惹きつけてくれているが、当然頭上の悪魔は俺たちの状況も確認しているはずだ。

だが奴は俺たちを見下し、遊びのつもりで余裕を出している。イレギュラーな出来事を楽しんでいる節さえある。

現に今も俺たちに視線を向けて、おもちゃでも見るように楽しそうな、それでいて残虐な笑みを作っている。

まぁいいさ、その油断が俺たちを助けているし、お前の命取りになる。

「よし、みんな勝負をかけるぞ！」

俺の言葉にそれぞれが力強く頷き、動き出す。

そして、まず最初にやるべきは……『大剣者』の解放したという新たな必殺技の一つ【大剣者大進撃】を発動することだ。

俺は、『大剣者』を天に向けてかざす！

「行くぞ！　大剣者大進撃！」

発動真言《コマンドワード》を叫び、俺はイメージのままに『大剣者』で天に円を描く。

するとその円は、赤い光を帯び魔法陣のように空中に広がった。

さらには、そこから赤みを帯びた光の粒子が仲間たちのもとに降り注ぐ。

仲間たちがそれを受けて、うっすらと輝き、力強きオーラを纏う。

これは、仲間の能力をアップする支援技なのだ。

『大剣者』の話では、これにより各人の【サブステータス】である【攻撃力】【防御力】【魔法攻撃力】【魔法防御力】【知力】【器用】【速度】の数値が、1．3倍から1．5倍程度に上昇するらしい。恐るべき能力上昇である。

それだけで大幅戦力アップであり、このタイミングで機能リリースしてくれたことは大殊勲だ。

俺もそうだが、みんなも自分の能力の上昇を実感しているようで、目の光を強くしている。

そして、最初の攻撃の起点は……現時点で最強戦力と思われるシザースディアだ。

口寄せ主だからか、俺の脳内に必殺技のイメージが浮かぶ。

「シザースディア、いや、面倒だ、お前は今からシザースだ！　シザース、蛙魔物の後ろに回り込んで、必殺技の【セイグリッドシザース】で体を挟んで上体を起こさせろ！」

「拝命いたしました。そして、力強き名付けを感謝いたします」

そう言ってシザースは、一瞬青く発光しその場で三回ジャンプした。

「マスター、今の行為が口寄せ主からの名付けとなり、シザースの能力が上昇したようです」

え、……そういう効果があるのか。

それが分かっていたら、最初に名前をつけるんだったな……まぁ今さらか。

そして名付けと言うよりは、長いから短くしただけだったんだが……まぁこれも今さらか。

シザースに少しでも力を与えられたなら良かった。本人も喜んでいるようだしな。

シザースは躍りかかるように、蛙魔物の正面から攻撃を仕掛けた。

飛来する舌の攻撃は、二本のせり出した角で上手く弾いている。

そして、一瞬の隙をついて加速し、後ろに回り込んだ。

確かに今までにない速さだ。

『大剣者』の【大剣者大進撃】による能力上昇と、今の名付けによる能力上昇で、瞬間の加速力も上がっているようだ。

そして、俺の指示を実行すべく【セイグリッドシザース】を発動する。

クワガタの角のように前方にせり出している二本の角が、光を発しながら長く伸び大きくなっていく。

そのまま蛙魔物の両腕ごと挟み込み、締め付けた。

そして、奴の上半身を後ろに引っ張るような形でのけぞらせることに成功した。

これで奴の腹の部分が、正面に晒《さら》される形になった。

この巨大な蛙魔物を力技で拘束してしまったのだから、強化されたシザースはすごいな。

必殺技である【セイグリッドシザース】は、本来は強力な挟み込みで切断する技なのだが、一撃で悪魔融合蛙魔物を切断するのは難しいと考えたのだ。

だから、最初から拘束する作戦だったのだ。

切断せず押さえ込んで拘束するという使い方もできるのである。

それに聖なるエネルギーを持つ【セイグリッドシザース】は、当然悪魔に相性がいい。拘束しながら、徐々に弱らせているはずだ。

普通なら暴れ回るところだが、蛙魔物はそれができないでいる。このことが有効な攻撃であることの証拠だ。

先程の粘性の体液をものともせず、がっちり固定できている。こんなことは、今までは絶対にできなかったことだ。

シザースが現れてくれたおかげで、劇的に戦況が改善されているのだ。

そして、実は『大剣者』の分析により、腹が弱点だと予想できている。

だからシザースに、蛙魔物の腹を露出させるように指示したのである。

まぁ実際はやってみないと分からないわけだが、多分当たりだろう。

この作戦が成功すれば、殊勲者は分析した『大剣者』と、それを成し遂げる力を見せてくれたシザースということになるだろう。

何せこの巨大な蛙魔物を拘束しているんだからな。

これで本格的な攻撃の準備ができた。

そして次の一手は……孤高の女侍サオリーンさんだ。

彼女は刀を一度鞘に収め、スゥと呼吸を吐きながら蛙魔物との距離を一気に詰める。

「渾身抜刀！　天空斬！」

——ザシュッ！

真上に斬り上げるように縦に振るった彼女の渾身の必殺技により、蛙魔物の腹に縦の筋が入る。

それがゆっくり広がっていく……見事に外皮を切り裂いている。

致命傷とは言えないが、それで十分だ。

「今です！　リト！」

「にゃー！」

サオリーンさんの指示で、後から追って来ていた子猫が急激に巨大化した！

馬よりも大きくなった子猫は、ネコマタという名の通り尻尾が二つに分かれている。

その尻尾がさらに巨大化しながら伸びる！

前方に大きく伸びた二つの尻尾は、蛙魔物の切り口に突っ込まれる。

そしてまるで腕のように力が入り、閉じようとする外皮を押さえつけ、逆に大きく広げた。

うごめくような蛙魔物の肉壁が、大きく露わになっている。

「行くよ、オマメ！　全身全霊シヴァストライク！」

「わんわん！」

今度は、アオタンちゃんの指示を受けた子犬が猛スピードで突っ込み、肉壁に激突した。

それはまるで、回転する砲弾だった。

子犬は、空中で回転しながら肉壁に突っ込み、掘り進むように大きな穴を開けながら進んでいく！


――グゲェェ、ゲゲゲゲェ！

蛙魔物が悲鳴のような声を上げる中、さらに体内を進んでいく。

よし、次は俺の番だ。

俺は、予定通りの展開を確認しつつ既に移動を終えている。

今位置しているのは、蛙魔物の背後だ。奴を拘束しているシザースの隣にいる俺は、渾身の力で『大剣者』を振り下ろす！

狙い通り外皮を切り裂いた俺は、傷が修復されないようにそこに『大剣者』を突き立てる。

「マスター、オママメが接近しています。今です、抜いてください！」

「よし分かった！」

『大剣者』の指示に合わせ引き抜くと、そこから回転する砲弾となったオママメが飛び出してきた！

よし、これも狙い通りだ。

そう俺は、オママメのために出口を作ってやっていたのだ。

この一連の連携で、初めて蛙魔物の体を貫通する攻撃ができたのだ。

そしてそれは、蛙魔物に融合した悪魔が味わう初の大ダメージである。

だがまだ終わりではない。ここからが本番だ！

「魔導乳母車出力全開！【破威流万加圧《パイルバンカー》】！　ダブルストライィィィク！」

乳母車に乗ったアオタンちゃんが、猛烈なスピードでオママメが飛び出してきた背中の傷に突っ込む。

そして乳母車の左右から太い槍のような突起が飛び出し、肉壁にぶち当たった。

次の瞬間、バンッバンッという爆発音とともに、その二本の巨大槍がさらに肉壁の中に打ち込まれた。

これには堪《たま》らず蛙魔物がまた「ゲゲゲェ」という大きな悲鳴を上げた。

そして同時に前方、正面側では、開いている傷口に、クラウディアさんとイリーナが銃撃と火魔法の集中放火を浴びせている。

さらには、レオナさんが『魔導手榴弾』を投げ込み、ラッシュとフランソワも共に『魔導手榴弾』を投げ込んで、大爆発を起こしている。

ここまで全て作戦通り。

今までにない大ダメージに、蛙魔物が悲鳴を上げ、頭部に接続された悪魔の顔も苦痛に歪んでいる。

まだ終わりじゃないんだよ！　これからが本命だ！　今こそ必殺の時――。

「聖剣よ！　聖剣カントロームよ！　私に力を！　滅せよ悪魔ぁぁぁ！」

閃光のように宙に舞ったミーアさんが、勇者の威光とも言える青い光を纏ったミーアさんが、聖剣を横薙ぎに一閃する――。


――ザシュッ！


「ヒョ!?」

青の剣閃の後に、蛙魔物の頭頂部から切断された上級悪魔の体が宙を舞った。

「ヒョヒョ!? ば、馬鹿な……」

あのふざけきっていた悪魔が、驚愕の表情を浮かべている。

「ありがとう、聖剣カントローム。さらなる力のイメージが伝わってきたわ！

真の力の解放を私に委ねてくれるのね。

……行きます！ コマンド発動！ 聖剣勇者仕様フルアクティブ！ 解放、勇者斬！」

ミーアさんがトドメの追撃だ。

しかも俺が出せなかった必殺技が出せるようだ！

空中に吹き飛んだ悪魔の体に、青く輝く聖剣の渾身の一撃を放った！


――ザァァァァンッ！


悪魔は脳天から真っ二つになって、そのまま地面に落ちた。

やったかと一瞬思ったが……まだだ。

倒せたなら靄となって消えるはずだが、そのまま残っている。

だがこの事態も、『大剣者』の予測で織り込み済み。

「マスター、やはり蛙魔物の体の方も倒さないと再生の可能性があります」

「そうだな、最後に決めさせてもらおう！ この戦いの中で解放してくれたもう一つの必殺技を使う時だ！ 行くぞ、『大剣者』！」

「イエス、マスター！」

「大剣者大切山！　ダイ、セツ、ザァァァァンッ！」

俺は蛙魔物の頭頂部、悪魔が融合していた傷口部分に向け、新たなる『大剣者』の必殺技を放った。

それは、長く大きく伸びた『大剣者』による必殺の一撃。

大きく鋭利な刃は、唐竹割りのごとく、そしてまるで空間を切り裂くかのごとく、山を切断するがごとく、蛙魔物を盾に真っ二つにした。

そして……それぞれ縦に斬り裂かれた上級悪魔の体と蛙魔物の体は、どろっとした黒い液体に変わり、そして黒い靄となって霧散した。

よし！　倒した！

なんとか、なんとか、倒せたようだ。

「マスター、上級悪魔及び融合体の蛙魔物の消滅を確認しました。討滅成功です」

「……そうか。ふう……」

良かった。本当に良かった。

「みんな、上級悪魔を倒したぞ！」

俺の言葉に、皆それぞれに歓喜の声を上げ、喜びそして安堵《あんど》している。

「マスター、まだ悪魔が呼び寄せた魔物たちが残っています。兵士たちも奮戦していますが、被害は甚大、直ちにそちらのフォローをするべきです」

勝利の歓喜も束の間、『大剣者』が冷静に状況を伝えてくれる。

確かにそうだった。浮かれている場合じゃない。

まだ兵士たちが必死に戦っている。

『大剣者』の声を聞いて、喜んでいたみんなも、また厳しい顔に戻っている。

「みんな、まだ魔物が残っている。負傷者もかなりの数だ。助けに入ろう！」

俺がそう声をかけると、みんな力強く頷いてすぐに動き出した。

「オマメ、残っている魔物をやっつけちゃおう！」

「わんわん」

「強大な敵を倒して終わりではありません。些末《さまつ》な敵をも全力で薙ぎ払い、安全を確認し、残心に
残心を重ねた後、ゆっくりお茶をする、そこまでが討伐です！　リト、行きますよ！」

「にゃー」

……アオタンちゃんとオマメ、サオリーンさんとリトも勢い勇んで魔物に向かっていったが……。

サオリーンさんて……天然なんだろうか？

なんか……気にしたら負けなような……それに今考えることじゃないな。

それにしても、あのオマメとリト……子犬と子猫にしか見えないが……本当に強かったな。

下手したら俺が呼び出した『口寄せ獣』のシザースよりも強いんじゃないだろうか？

「主様《あるじ》よ、それはひどいのう。我が秘めたる力は、まだまだこんなものではないのです」

おっと、俺の気持ちが伝わったのか、シザースが文句を言ってきた。少し嫉妬《しっと》も入っているのか
もしれない。

「てか、俺の思っていることも分かるのか？」

口寄せ主と『口寄せ獣』の繋がりのようなもので、ある程度分かってしまうのだろうか？

「……なんとなく考えていることは分かるのですよ。時々はっきり聞こえることもあるのです。

「まぁそれはともかく、我もきっちり役立つところをお見せしましょう」

そう言うとシザースは、小躍りするように魔物に向かっていった。

◇

改めて周囲の魔物の状況を確認すると、西側にはほとんど魔物が残っていない。

負傷兵も少ないようだ。

あの纏わりつく炎で焼かれた兵士たちも結構いたのだが、全体から見れば西側を担当していた兵士たちには、負傷者が少ない。

おそらくだが……あの時助けてくれた『ノッカー族』や『河童族』が西側にいた魔物も、密かに倒してくれていたのではないだろうか？

それゆえに、兵士たちが対応する魔物の数が少なくなって負傷者が抑えられているという気がする。

それから南側は……結構な損害が出ているようだが、西側同様元々魔物の数が少なかったので、それなりに対処できているようだ。

やはり蛙やトカゲの魔物が大量に押し寄せてきていた東側が大変だったようだ。

まだ多くの魔物が残っているし、負傷者の数も多い。

◇

少しして、俺たちが救援に入ったことで、全ての魔物の駆逐を完了した。

そして、今度こそ戦いが終わったと仲間たちが集まってきたその時――シザースと召喚に巻き込まれた人たちの体が、うっすらと光りだした。

「マスター、おそらく召喚限界に至ったようです。もしくは召喚目的達成により、自動的に召喚解除の機能が働いているのかもしれません。いずれにしろ、もうまもなく送還されるでしょう」

『大剣者』のそんな分析に続けるように、俺の脳内にアナウンスが響いた。


――『口寄せ獣』を送還します。

――データとして保存され、次に口寄せ条件を満たす時まで休眠状態となります。

――口寄せ召喚に巻き込まれた方々は、元の位置に送還されます。


「我が主様、お呼びいただければいつでも参上いたします。我の永遠の忠誠をお忘れなく」

シザースでは、金色の瞳を輝かせて俺にそう言った。

「分かった。また頼むよ」

そして俺は、ミーアさんたちに声をかける。

「ミーアさん、レオナさん、サオリーンさん、アオタンちゃん、召喚が解除され、皆さんは元いた場所に送還されるようです。本当はゆっくり話したかったのですが……とにかく、助かりました。本当にありがとうございました。また会いましょう」

「そうなんですね。分かりました。お役に立てて良かったです。できればまた……」

「そうだね、びっくりしたけど結果オーライ。私もまた会いに来たい」

「そうですか。袖振り合うも他生の縁、また縁を紡ぐこともあるでしょう。皆様に幸多からんことを。あっ、リトもう帰っちゃったの！　あゝ《ぁ》……」

「楽しかったありがとう。また遊びに来るね。あーあ、オマメも帰っちゃた……グスン」

ミーアさん、レオナさん、サオリーンさん、アオタンちゃんは、最後にそんな挨拶を残し、消えるようにいなくなった。

送還される直前に式神召喚したリトとオマメの召喚も解除され消えてしまったので、二人は半べそ状態で消えていった。

この母娘は、不思議というか、なんか面白い人たちだったな。

いつかまた、ぜひ会いたいものだ。

もちろんミーアさんやレオナさんにもだ。

ただ彼女たちの行き先はデワサザーン領だから、かなりの確率でまた会えると思っている。

ミーアさんは送還される直前に、『聖剣カントローム』を手放して残していった。

俺としては、そのまま使ってもらって良かったんだが。

まぁでも俺にとっては、『聖剣カントローム』は大事な大事な土木作業要員でもあるから、本音を言えば、残ってくれて助かったという気持ちはある。

ただ……もし『聖剣カントローム』に意識のようなものがあるとするなら、本来とは全く違う土木作業員として活用されるより、ミーアさんに聖剣としての真価を発揮してもらった方がいいと思っているかもしれないけどね。

そんな風に思いつつ、俺は聖剣を握りながら心の中で謝った。

ん、なんとなくうっすら光ったような気がしないでもないが……気のせいだな。

◇

突如として現れ共闘してくれた仲間たちとの別れは、突然にあっさり訪れた。

残った俺たちは、みんな寂しさの中お互いを見やりながら、言葉を交わし合った。

そして別れの動揺が少しおさまった頃、ラッシュが突然に走り出し、そして帰ってきた。

「先輩、またメダルが落ちてましたよ」

ラッシュがそう言って、メダルを差し出してきた。

おお、またメダリオンが落ちていたようだ。

前に悪魔因子が融合した鹿魔物を倒した時に、拾ったメダリオンと同じだ。

今回はそのメダリオンを使って、口寄せ召喚ができ、劇的に戦況が変わりなんとか上級悪魔に勝てたわけだが、それと同じ物がまた落ちていたようだ。

やはりあの蛙魔物も、この『北端魔境』のどこかのエリアのエリアボスで間違いがなかったということだ。

メダリオンの色は、赤茶色だ。

シザースのメダリオンも、元々は赤茶色だったのだが、今は金色に変わっている。

不思議なことに、シザースの召喚が解除された時に、メダリオンは俺の掌に帰ってきていたのだ。

俺はラッシュが差し出してくれたメダルを握り、【アナライズ】をかけて確認する。

『クチヨセ魔境第八エリアのメダリオン』という名称だった。

さらに詳細を念じると……『クチヨセ魔境第八エリアのエリアマスター討伐を示すメダリオン。特定の条件を満たすと、口寄せ可能』と表示された。

シザースのメダリオンの時と一緒だ。シザースのメダリオンは、『クチヨセ魔境第九エリアのメダリオン』だった。

『特定の条件を満たすと、口寄せ可能』という表示も共通だが、その〝特定の条件〟については相変わらず明らかにはされていない。

だが今回のことを鑑《かんが》みるに、俺の血と強い想いというのが条件なのではないだろうか？

もしかしたら、切羽詰まった状況のようなものも必要なのかもしれないが、これは後で確認してみよう。

というか、このメダリオン……あの蛙魔物のメダリオンで、本来ならエリアマスターとしての蛙魔物を召喚するんだろうけど……今回は悪魔因子融合どころか上級悪魔そのものが融合していた。

絶対に召喚できないはずだな。また召喚エラーで、類似個体を代替召喚する形になりそうだ……。

また誰かを巻き込むなんてことは、もう起きないとは思うが……。

……気軽には召喚できない気持ちになってしまったな。

この件については、後で『大剣者』やみんなにも相談してみよう。

◇

「うわぁ、戻ってきた」

「ほんと、やっぱ一瞬だ。転移もこんな感じなのかな？」

「うむ、この感覚、奇怪なり。だが無事元の場所に戻れて幸い」

「うおー、戻ってきた。あ！　みんな戻ってきたよー」

一瞬で戻ってきてしまった私たち、みんなそれぞれの感想を口にしていたが、アオタンの声でハッとして、改めて周りを確認する。

「あぁ、ミーア様！」

そこには、目に涙を浮かべながら走り寄ってくるおじさんたち。

そうダルカスさんたちだ。

私たちに協力してくれた『浮きフクロウ』のウキウキもいる。

彼らは、ここに取り残されたから、きっと心配していたに違いない。

その証拠が涙だけど……うるうるになった顔でみんなで走り寄ってくる。嬉しくはあるんだけど……ちょっと怖い感じが……。

もちろんウキウキは、可愛いからいいんだけど。

「うむうむ、感動の再会、趣があってよろし！　しかーし、女子たちに抱きつくのは、ほどほどにするがよろし！」

サオリーンさんも同じことを思ったのか、咄嗟に前に出て両手を広げて止めるような動作をしてくれた。

ダルカスさんたちも、それで我に返ったのか急に減速した。これで飛びつかれることは回避できた。

だが私だって、再会できたのは嬉しいのだ。お互いに手を握り合って、言葉を交わした。

レオナは、ウキウキを抱きしめている。

「いやー、心配しましたよ。いったい、何がどうしたのですか？　そしてあの鹿魔物は？」

再会の感動と安堵の後に浮かび上がったのは、様々な疑問らしく、ダルカスさんが私に尋ねてきた。

私は、簡潔に今まで起きたことの顛末《てんまつ》を説明した。

「そんなことが……。そしてそこには、追放されたヤマトさんがいたと。クラウディアさんや、ラッシュも、それに我々がサポートしていたイリーナさんやフランソワさんまで。……でも良かった。あの人たちが、あのいい人たちが無事で……」

そう言って、ダルカスさんはまだ涙ぐんだ。

他のみんなも、肩を抱き合って涙を流している。

私も改めて、クラウディアさんたちの状況に思いを巡《めぐ》らせる。

詳しくは聞けなかったけど、〝勇者〟と認定されたジャスティスが、王国軍を引いてヤマト君を捕らえに来たということだった。

だがジャスティスは魔王化してしまい、それを第二位パーティーの勇者候補のジェイスーンが倒したということだった。

全て驚きの連続でしかないが、一番驚いたのは、あの聖女とも言われていたユーリシアさんが、悪魔契約者で裏で糸を引いていたということだ。

私には想像もできないことが、陰で進行していたらしい。

できれば、ヤマト君たちにもう一度会って、詳しく聞きたいし、いろんな話がしたい。

……でもここは、予定通りデワサザーン領に戻り、故郷の『トブシマー』に戻ろう。

族長や家族と話さなければいけないことがいっぱいある。

それが終わったら、会いに行こう。

ヤマト君、クラウディアさんたちがいる『北端魔境』に行こう！

そんな風に思っていると、察したのかレオナが微笑《ほほえ》みかけてくる。

「また会えるよ。もし悪魔が暗躍し、魔王を生み出そうとしているなら、私たちは傍観していられないもんね？」

そうだ、レオナの言う通りだ。

私にできることがあるならやらないと！

〝勇者〟の【称号】を授かり、今回だって聖剣が力を貸してくれた。

「そうね。私たちが頑張らないとね」

私は、レオナと頷き合って決意を新たにした。

でも焦ることはない。一つ一つでいいんだ。

これからの道中でも、地道にやれることをやればいい。助けられる人々を助け、そして、ヤマト君たちに胸を張って会いに行こう。

「皆さん、保護した子供たちは、今休ませていますが、ゆっくり街まで連れていきましょう」

ダルカスさんが、改めて声をかけてくれた。

そうだ、まずは目の前のこの子供たちだ。傷ついた体と心を少しでも癒してあげたい。

「うん、そうしましょう」

みんなで移動の準備を始めた。

『浮きフクロウ』のウキウキは、レオナに懐いてしまってついてくるようだ。

テイムしたのかと確認したけど、レオナにもよく分からないみたい。

それはともかく、ウキウキを街に連れて入ったら、かなり目立っちゃうと思うんだけど……。でも杞憂だった。

ウキウキは、街に入らないで森で待機しているって言っているらしい。

レオナ曰く……なんとなく思っていることが分かるんだそうだ。

なんか……レオナの謎能力が発現している気がするんだけど……まぁそれは後でいいでしょう。

「サオリーンとアオタンはどうする?」

私は、少し不安になり思わず尋ねてしまった。

「街までは同行しよう。その後は……我らには本来の目的があるから、別行動になると思う」

「でもまた会いたいし……また会える気がする。ミーアお姉ちゃん、レオナお姉ちゃん、きっとうちらの縁は大きいんだよ」

サオリーンが少し寂し気に微笑み、アオタンは意地らしい笑顔を作ってくれた。

やはり二人は、本来の目的であるカイティ君探しに戻るようだ。

向かう方向は同じとは言え、彼女たちの人探しという目的からすれば、私たちのようにただ通過するだけというわけにはいかない。

一つ一つの町や村を訪ねる必要があるのだ。

必然的に一緒に進むことはできないのである。

でも、アオタンが言うように、きっとまた会える気がする。

「そうね、きっとまた会いましょう」

「そうそう、また会えるよ。その時は、あの子猫ちゃんと子犬ちゃんもいつも一緒にいられたらいいんだけど……」

レオナが寂しさを誤魔化すためか、少しおどけた感じでそんなことを言った。

ただこの子、結構あの子猫と子犬を本気で気に入っちゃったのかもしれない。

だけどレオナのそんな発言が、サオリーンとアオタンに別の感情を湧き上がらせたようだ。

二人とも口をへの字にしながら、切ない顔をしている。

「リト……会いたい」

「オママメ……いつも一緒にいられればいいのに……」

この反応を見て、レオナはまずったかと額に手を当てたが、私と目が合うと吹き出してしまった。

『幻獣ネコマタ』のリトや『幻獣マメシヴァ』のオママメのことを知らないダルカスさんたちは、疑問符を浮かべたような顔をしているけど……まぁ後でいいか。今度ゆっくり教えてあげよう。

ちなみに、今は指輪になんの反応もなく、式神召喚を行うことはできないらしい。

強力な戦力だが、いつ召喚できるのか、全く分からないのだそうだ。

突然指輪が光った時だけ召喚できるらしく、困りものだとサオリーンがぼやいていた。

頑張ってとしか言いようがない。

それから、少しだけ聞いたのだが、この指輪はカイティ君が陰陽師《おんみょうじ》の力で作った特別な物らしい。

というか、カイティ君は『陰陽師』だった。

しかも……三人とも自称ではなく【称号】を得ているということが、明らかになった。

自称する人はそれなりにいる可能性があるし、実際忍者なんかは、国の機関で似たような役割の人たちがいると聞いている。

ただそれはあくまで自称の範囲内で、【称号】を得ているわけではない。

『女侍』にしろ、『女忍者』にしろ、『陰陽師』にしろ、そんな【称号】を得る人なんて、超特別な存在なのだ。おとぎ話の登場人物的な存在と言っていい！

極めて特殊なことで、公になったら国が放って置かないんじゃないだろうか？

まぁ本人たちにも自覚があるようで、明らかにする気はないようだけど。

何故か私たちにだけ教えてくれたんだよね。

それにしても、血が繋がっていないとは言え、『女侍』と『女忍者』と『陰陽師』の家族なんて
……別次元すぎるんだけど。

魂の家族とサオリーンは言っていたけど、よほど深い繋がりがあるんだろう。

そして、カイティ君はアオタンの一つ下ということだから7歳だ。

国宝級の魔法道具を作っちゃう7歳児って……。

ただ、式神召喚の指輪は、カイティ君が何かの弾みに作ってしまったらしい。

能力の暴走的なものだったのかもしれないと、サオリーンは考えているようだ。

カイティ君自身が指輪について、詳しい使い方が分からず召喚条件なども分からなかったとのことだ。

今までに、戦いの中で召喚できたのは一回だけだったらしく今回で二回目なるそうだ。

それから、なんの関係か分からないが、平時に二回ほど召喚できていたらしく、その時には普通の子猫や子犬として遊んで、しばらくしたら召喚が解けたらしい。

私としては、そんな可愛がるための召喚がいつでもできたらいいのにと思うけど、サオリーンたちは尚更だろうね。なんとか召喚条件が分かるといいんだけど。

そんな話をしながら、私たちは笑い合いながら、冗談を言い合いながら、保護した子供たちを連れて、ゆっくりと街へと続く街道を歩いて行った。

今日の一生の思い出に残るような強烈な体験を噛み締めながら、そしてサオリーンとアオタンとの残された時間を噛み締めながら、ゆっくりとゆっくりと、歩いていったのだった。

9. 瀕死の兵士たちを救うために【献身】発動！

……ふう、なんとかなった。

長い戦いだった。勇者ジャスティスの暴走、突然の悪魔召喚、上級悪魔の急襲……なんとか凌ぎ、そして倒しきった。

それにしても、怒涛の展開だった。まさか悪魔のおかわり状態になって、それが不完全とは言え上級悪魔とは……生き残ったのが不思議なくらいだ。

奇跡的に口寄せ召喚が発動できて、『口寄せ獣』と共にミーアさんたちが助っ人として現れてくれたのが大きい。

そんな彼女たちともしっかり話をしたかったが、召喚解除とともに送還されてしまった。

再会できたら、しっかりお礼を言いたい。

彼女たちの目的地のデワサザーン領に会いに行ってもいいだろうし、近いうちに必ず再会したいものだ。後でみんなと相談しよう。

◇

改めてこの場の状況把握だ。

ラッシュ、クラウディアさん、イリーナ、フランソワ……俺の仲間たちは無事だ。

だが、王国軍第二大隊の被害は大きい。

何人もの兵士が倒れている。

……死者もかなり出ているようだ。

そして今現在も、瀕死の者たちがいる。

早く回復しなければ、さらに死者が増えそうだ。

みんなに【光魔法――光の癒し手】をかけてやりたいが、数が多すぎる。一人ひとりにやっていたのでは、時間がかかってしまう。

手遅れになる人が出そうだ。

……どうするか。

……そうだ！　やるか。

俺は、瀕死の人たちを一気に救う方法に思い当たった。

それは、ここにいる重傷者全員を、俺の『固有スキル』の【献身】の対象に指定することだ。

さっきラッシュたちに対してやったことを、ここの多くの兵士たちにやるのだ。

受けているダメージを半分引き受けてやれば、一刻を争う瀕死の者は、命を繋ぎ留めるだろう。

もちろん、これだけの人数を一気に指定したら、確実に俺のＨＰは１になる。

だが逆に言えば、何十人分のダメージを引き受けても、ＨＰ１で踏みとどまれる。

なんとかなりそうだ。この方法なら、時間をかけず瀕死の者を救うことができる。

もちろん、ＨＰ１の状態で攻撃を受ければ俺の身が危ないわけだが、既に戦闘は終わっているし、俺の仲間たちを配置してすぐに回復魔法をかけてもらえば大丈夫だろう。

俺は、仲間たちに来てもらって、この方針を伝えた。

そして俺の周囲で、万が一のための防衛と回復をしてくれるように依頼した。

まずは見える範囲で、重傷と思われる人たちを視線でロックオンして、【献身】の対象者に指定した。

そして【献身】を発動する――。


――ぐぅぅぅ。


やはりＨＰ１になった。

うずくまった俺を見て、フランソワがすぐに回復魔法をかけてくれた。

楽になったが全回復ではないので、残りの回復は自力で【光魔法――光の癒し手】をかけ、完全回復した。

やはり仲間がいるというのは、良いものだ。安心感が全然違う。

今実際に、多くの兵士たちのダメージを、後から引き受けて思ったが、どうせ俺のＨＰをはるかに超えるダメージを引き受けて１で踏みとどまるなら、一回で済ませた方が良い。

全員を指定するのに多少時間はかかるが、一人ひとりに回復魔法をかけるよりは、はるかに少ない時間で済む。

俺は、みんなと一緒に戦場を移動しながら、ダメージを受けた兵士を【献身】の対象者に指定していく。

やりながら分かったことだが、この指定には今のところ上限はないようだ。

そして、指定に時間がかかったからといって、最初に指定した者が取り消されることもない。

結果、重傷者以外の兵士も、指定してしまった。

そして、【献身】を発動する――。


――ぐあぁぁ。


当然HPは1になったが、すぐにフランソワが回復してくれた。

……ふう、これで、命の危うい者はいなくなったはずだ。

そして忘れずに、【献身】の対象者から解除しておく。

「先輩、壊れた物が直せるなら……死んじゃった人を生き返らせるとか……流石にできないですかね？」

ラッシュが、そんなことを訊いてきた。

なるほど……考えてもみなかったが、もしそんなことができたらすごい。というか……奇跡だな。

駄目元で試してみるか。

俺たちは、なるべく人の目が向いていない場所にこっそりと移動し、亡くなった人に対して、密かに【献身】を発動してみた。

すると……俺のHPは大きく減り、対象者の体の傷はある程度回復した。

つまりダメージの半分を引き受けることは、できたようだ。

だが、それだけだった。生き返りはしなかった。

死体の損傷の程度が、軽くなっただけなのだ。

物との違いは、魂があるかどうかだと思う。

魂が抜けてしまった後の死体に、【献身】を発動しても、魂が戻ってくることはないのだろう。

まぁ死者を蘇《よみがえ》らせるなんて、それこそ神の御業《みわざ》だからな。

少しがっかりしつつ、思考を巡らせていたら、つい馬鹿げた考えが脳裏をよぎった。

傷んだ魔物の死体に【献身】を発動したら、新鮮な肉として蘇るってことだろうか？

もっと言うと、肉として食べた後に一部分を残しておいて、【献身】を発動したら、元の状態に戻って、無限に肉を食べ続けられるってことだろうか？

そして貴重な魔物素材を外した後に、【献身】を発動すれば、また現れて素材が取り放題ってことだろうか？

さらには、魔物をバラバラに切って、それぞれに【献身】を発動したら、バラバラにした数分だけの魔物の死体が現れるってことだろうか？

駄目だ……悪魔との戦いで疲れているのか、思考が変な風に暴走してしまった。

我ながら少し笑ってしまう。

馬鹿な発想だが……冷静に考えたら、これができたらできたで、超絶にすごい！　一度、試してみた方がいいかもしれない。

だが今は、このぐらいにしておこう。

俺は、思考を切り替える。

そういえば……そもそも、死者を蘇生する魔法とかは、ないんだろうか？

少し気になったので、クラウディアさんに尋ねてみた。

「文献では見たことがないわね。もしそんなものがあるなら、国は躍起《やっき》になってその資料を探したり、使い手を探すはずだから、多分ないんじゃないかしら」

なるほど、それはそうかもしれない。

死から蘇る魔法なんてあったら、権力者は躍起になって探すだろう。

それが行われていないということは、そんな都合のいい魔法はないということだな。

「『大剣者』も知らないよな？」

念のため『大剣者』にも確認する。

「現在アクセスできる『大剣者アーカイブ』には、その情報は存在しません」

ん、『大剣者』の返答の意味が、いまいちよく分からない。

……『大剣者アーカイブ』？

「『大剣者アーカイブ』って何？」

「『大剣者アーカイブ』とは、私に備わっている記録の保管庫のようなものです。新マスターと契約すると、以前のマスターの記録、それ以前の過去の記録、保管されている知識などへのアクセスに制限がかかります。正確には制限と言うよりは、特別な条件を満たさない限り、アクセスできなくなると言った方がいいかもしれませんが」

おっと、そんな制限機能があるのか。

「それはどうして？　何かの安全装置のようなもの？」

「はい。安全装置とも言えます。また、新たなマスターが試されているとも言えます。新マスターと契約を交わすと、そのマスター専用のアカウントが設定されます。アカウントとは、利用資格・権限のようなものです。そのアカウントから接続できる『大剣者アーカイブ』の内容は、初期には限定されているのです」

……アカウント？

分かったような、分からないような……。

「ただ、過去の記録や叡智《えいち》にアクセスできない状況でも、『大剣者アーカイブ』を使用するメリットは、十分にあります。マスターのアカウントで接続できる『大剣者アーカイブ』には、マスターの記録が保管されています。もちろん私が確認した範囲だけですが。それを、後から確認することができます。鑑賞して娯楽として楽しむこともできます」

うーんと、どういうこと？

娯楽として楽しむ？

俺の記録が保管されていると言われても、いまいちピンと来ない。

そんな俺の思いを察してか……『大剣者』が、空中に画像を投影した。

以前都市計画を考えた時に地図を出現させていたが、あの時と同じように、鞘の石の一つが光って、そこから宙に画像を映している。

ちなみに『大剣者』は、今は鞘に入ったまま宙に浮いている。

この人最近、かなり自由に動き回るんだよね。まぁそれはいいけど。

映し出された画像には、俺がいる。

というか、画像が動いている……？

「現在投影しているものは、マスターの過去の記録であり、静止画に対し動画と表現されるものです。映像と言ったりもします」

理解が追いつかない俺の内心を読んで、『大剣者』が解説してくれた。

すごいなこれ。

でも自分を見るのは、なんか恥ずかしい。

一緒に見ていたクラウディアさんたち四人も、驚き、口をぽかんと開けている。

動画と言うのか、映像と言うのか、それが、いろいろ切り替わって、過去のクラウディアさんやラッシュたちをも映し出した。

自分たちが映し出されたのを見て、「きゃっ」と言う女の子らしい声を四人が上げた。

今思い出したが……これってもしかして、映像の魔法道具？

何かの本で読んだことがあるが、脳内で見たことを、動く『精密画』のような形で映し出す魔法道具が存在していたとの記録があったはずだ。

そんなものまで、『大剣者』に内蔵されているということか……。

こうやって過去にあったことを見ることができるのは、確かに楽しいかもしれない。娯楽として楽しめると言うのも納得だ。

ただやはり、少し気恥ずかしいが。

戦闘の記録も確認できるわけだから、分析したり、対策を立てたりという使い方も可能だろう。

そんなことも『大剣者』に確認してみると、

「はい、その通りです。使い方次第です。難点は、私が情報収集したものだけしか記録できていないということです」

なるほど、生活の記録にしろ、戦闘の記録にしろ、その場に『大剣者』がいなければ、記録のしようがないわけだ。

「あの……『大剣者』、変なこと聞くけど、トイレとか、水浴びしてる時の記録なんかもあるわけ？」

ラッシュが頬を染めて、恐る恐る尋ねた。

クラウディアさんたちも、ゴクリと唾を飲み込み返答を待つ――。

「私が同行していない場所の記録は、基本的にありません。故に、トイレ情報はありません。水浴びについても同様です」

ラッシュたちがその返答を聞いて、安堵の表情を浮かべた。

「それから、少し気になったんだけど、今後何かの条件をクリアすれば、『大剣者アーカイブ』にある過去の記録とか、様々な知識にアクセスできる可能性もあるってこと？」

「そうです。ただその条件は、明示されていません。運まかせと言ってもいいと思います」

「そうか、残念だけどしょうがないな」

「ただ『大剣者アーカイブ』に関して、一つ特別な機能があります。『アーカイブ・ランダムアクセス』という機能です。これは、私を製造した者の設計思想に基づくものです」

「設計思想？　それってどんな？」

「はい。それは、私という『神器級《ゴッズ》』階級アイテムを貫く、偉大な設計思想……〝遊び心〟です！」

超魔法ＡＩである『大剣者』が、まるで感情があるかのように、誇らしい雰囲気を出しつつ答えた。

〝遊び心〟って宣言されても、俺としては全く理解できないし、共感もできないけど……。

「どういうこと？」

『『アーカイブ・ランダムアクセス』の機能は、本来アクセスできない『大剣者アーカイブ』の記録や知識に、突然、ランダムに、アクセスできる事態が発生するというサプライズ機能なのです！　時に有効な情報を得たり、時に意味がない情報を得たり、楽しいこと請け合いです！　ちなみに、マスターと契約して日が浅いために、まだ『アーカイブ・ランダムアクセス』は発生していません』

うん、訳分からん！

だいたい、『大剣者』が少しおかしくなってるし。

今までは魔法ＡＩらしく、抑揚の少ない話し方だったのだが、ちょっとキャラが変わってきている。

……まさかこれも、〝遊び心〟なのか？

駄目だ、混乱してきた。

意味不明な機能を〝遊び心〟で片付けるのはやめてほしい！

そもそもなんで御伽噺の世界にしかないような『神器級《ゴッズ》』階級のアイテムを貫く設計思想が、〝遊び心〟なんだよ！

というか、『大剣者』を作った人って？

「『大剣者』を作った人って誰なの？　神様？」

「その情報については、現時点では制限がかかっているため、アクセスできません」

「『神器級《ゴッズ》』階級のアイテムだから、神様が作ったということにはならないのか？」

「はい。『神器級《ゴッズ》』は、あくまで階級を表すものです。人の作った物であっても、『神器級《ゴッズ》』階級になることはありえます。逆に、神が作りし物でも、『下級《イージー》』階級になることがあります。ただこの場合、敢えてその階級にしているということになるでしょうが」

なるほど。厳密な相関関係はないわけか。

まぁいずれにしろ、『大剣者』を作った存在は、茶目っ気のある存在のようだ。

◇

俺たちが兵士たちから少し離れた場所で話し込んでいる間に、王国軍は撤退の準備を整えたようだ。

重傷者はもちろん軽傷者の治療も終え、今は死者の遺体を集めているところだ。

死者が出てしまったことは残念だが、突然悪魔が現れたあの状況では、どうすることもできなかった。

今の俺のレベル、能力で、死者を出したくないなどと思うのは、傲慢かもしれないが……目の前で人が死ぬというのは、辛いものだ。

覚悟して軍人をしているとは言え、この人たちにも家族がいるだろうし。

俺は、改めて力をつけなければと思った。

これから大事な家族を守っていくには、何よりも力が必要だ。

王国の兵士たちも、みんな悲しい思いはあるだろうが、淡々と行動している。

もうすぐ撤退を開始するだろう。

流石にこの状態で、俺に戦いを挑むというか、捕まえようとはしてこないはずだし。

そう思っていたところに、二番手パーティーの勇者候補ジェイスーンが歩み寄って来た。

魔王の【称号】を得て、周りのパーティーメンバーたちや兵士を惨殺するという暴挙に出たジャスティスを、倒した男だ。

もっともユーリシアの話では、ジャスティスは死んでいないみたいだが。

「ヤマト、お前とはあまり話したことがないな。知っての通り、ジャスティスは魔王になった。そして俺が倒した。これから俺が勇者の役目を引き継ぐことになるだろう。……そこでだ、お前が持っている聖剣を、俺に渡してほしいんだが、いいだろう？」

そんなことを言ってきた。

一見当然の要求にも思えるが、優秀な〝土木作業員〟である『聖剣カントローム』さんを、俺が渡すわけないだろ！

そもそもこいつ……今までどこにいた？

王国軍が必死で悪魔と戦っている時、魔物と戦っている時、こいつの姿が見えなかったんだが。

まさか、隠れてやり過ごしていたなんてことは……ありえるな。

「ジェイスーン、都合のいいこと言っても駄目よ！　この聖剣は、ヤマト君のものよ！」

「そうそう、ジェイスーンに使いこなすなんて、無理！」

同じ二番手パーティーだったフランソワと、イリーナが、俺を庇《かば》うように前に出て、元同僚のジェイスーンに物申した。

ジェイスーンに対して思うところがあるらしく、黙っていられなかったのだろう。

「なんだと！　てか、お前ら、ヤマトに合流するのか？　お尋ね者になる気か？」

「その通りよ。お尋ね者になるのよ！」

「そうそう、だからほっといて！」

「何!?」

ジェイスーンが、苦虫を噛み潰したような顔をしている。

そんなところに口を挟んでくる人物が。

「ヤマト殿、礼を言いたい。貴殿のおかげで悪魔を倒すことができた。押し寄せた魔物の群れも倒しきることができた。そして、瀕死だった多くの兵士が助かった。きっと何かやってくれたのだろう？」

エドガー将軍だった。

呼び捨てだったのに、突然〝ヤマト殿〟とか〝貴殿〟とか言っている。

急に態度が変わって少し気持ち悪いが、発言内容からして素直に感謝してくれてのことだろう。

今さっき瀕死の兵士たちを救うために、俺は【献身】スキルを発動したわけだが、スキルの新しい使い方を秘匿するために、あくまで内緒でやっていた。

だから兵士たちは、突然瀕死から回復したり、傷が治ったりしたわけである。

そんな状況を見て、エドガー将軍は俺が何かをやったのだと理解したようだ。

まぁそれはいいのだが……ジェイスーンを、完全に無視している。

ジェイスーンと俺たちの会話が存在しなかったかのように、話に入ってきたのだ。

「なんとか悪魔を倒せて良かったです。命を落とした方については、残念でした……」

俺もジェイスーンを無視して、エドガー将軍に言葉を返した。

「貴殿が中級悪魔を倒し、その後我らを助けるために下級悪魔をも瞬殺したこと、その後に現れた異形の上級悪魔まで倒し、押し寄せる魔物の群れを殲滅し、我らを救ってくれたこと。私から国王陛下に伝える。保証はできないが、貴殿にこれ以上手出しをしないように進言してみるつもりだ」

なんと、すっかり対応が変わってしまって、陛下に進言までしてくれるのか。これは素直にありがたい。

「ありがとうございます。私はここで静かにのんびり暮らしたいだけです。その点を理解していただけると良いのですが。それから私のことは、今まで通り、ヤマトと呼び捨てにしてください」

「ガッハッハ！　急に態度が変わっては、やはり気持ち悪いか？　王都じゃ〝遠慮知らずの荒くれ者〟なんて呼ばれ方をされているが、これでも一応、ちゃんと話をすることもできるのだ。本当は俺も気軽にヤマトと呼びたいところだが、『聖者』の【称号】を持つ者に、そういうわけにもいかんだろ？」

将軍は、少しニヤけている。

もう一度、『聖者』の【称号】について確認したいようだ。

だが、ここはスルーだ。

「私のために進言していただけるのはありがたいですが、立場が悪くなるのではありませんか？」

「ガッハッハ、立場？　そんなものを気にしてたら、〝荒くれ者〟などと呼ばれておらんわ。それに、何よりも重要なことは、どうやら予言された魔王が誕生してしまったということだ。しかも国が〝勇者〟と認定した者が、変質してしまった。さらには、それを先導したのは、聖女とまで言われたユーリシアで、その正体は悪魔契約者だった。

これは、王国始まって以来の一大事だ。魔王となったジャスティスが、ほんとに死んでくれていればいいが、そうでなければ脅威になる。いずれにしろ、ユーリシアは悪魔と結託して王国に挑んでくるだろう。どう考えても、そっちの対応が先だ。この国が腐りきっていない限りは、ここには手出しをしないだろう。

まぁ保証はできんが。ガッハッハ」

何が楽しいのか、途中からエドガー将軍は愉快そうに笑みを浮かべ、そして最後に大笑いをした。

俺もそうだが、驚愕の出来事があると、変に笑えてしまったりする。そんな感じもあるのだろうか？

「将軍、何を言っている？　今後のこと云々《うんぬん》は、後で考えるにしても、あの聖剣は回収するべきではないのか？」

蚊帳の外だったジェイスーンが、気を取り直して、また口を挟んできた。

まだそんなことを言っている。

てか、もうキャラが、ジャスティスみたいになってきてるけど。

流石補欠だ。ある意味、ジャスティスの穴を埋めている。まぁ笑えない冗談でしかないが。

迷惑以外の何物でもない。

エドガー将軍は、聞く耳を持たない。というか、完全にスルーだ。

どうもこの将軍は、自分が認めた者以外は、ぞんざいに扱うようだ。

「では、我々は、これで失礼する」

将軍はそう言いながら、無理矢理ジェイスーンの肩に腕を回し、半ば連行するような形で、歩き出した。

「北門までの帰り道に、また魔物が現れるかもしれませんので、十分お気をつけて」

俺は、帰還するエドガー将軍たちに、別れの言葉をかけた。

「ああ、分かっている。そうだ！　悪いが一つ頼まれてくれ」

おっと、まだ何かあるのか。

「はい。なんでしょう？」

「実は、持ってきた国の特別武装とも言える戦車とクマ型ゴーレムのセットだが、全て悪魔との戦いで破損してしまった。これは古い時代から伝わっている魔法道具で、今の王国に、これほどの破損を直せる者はいない。そして、今の我々は、落命した兵士の遺体を運ぶので、精一杯だ。こんな大きなガラクタを持って帰る余裕はない。悪いが、そちらで処分してもらえないか？」

そう言うと、将軍は最後に悪戯《いたずら》な笑みを浮かべた。ちょっとしたキラースマイルだ。

この人もしかして……？

聖剣と同じように、俺なら直して使えると思っているのか？

それを見越して、俺にくれるということなのか？

ゴミを捨ててくれという言い方だが、暗に俺に譲ってくれるということなのか？

おそらく、あの悪戯な笑みの意味はそれだろう。

俺としては、ありがたい。

ここは、お言葉に甘えよう。

「分かりました。これらの武装を捨てていかれるということですね。私の方でいかように処分してもいいと？」

「ああ、すまないが頼みたい」

これはラッキーだが、一応、念押ししておこう。

「これは古い時代から伝わる特別武装なんですよね？　国宝級と言ってもいい物ではないでしょうか？　本当に放置していって、大丈夫なんですか？」

「ああ、今さっき言った通り、苦労して持って帰ったところで、使い物にならんさ。その程度に壊れていたことは、多くの兵士が証言するだろう。勇者候補のジェイスーン殿も、これを修理可能だったなどと嘘《うそ》の報告は上げまい？」

将軍はそう言うと、ジェイスーンに視線を向ける。

というか、軽く威圧してると思うが。

ジェイスーンは、またもや苦虫を噛み潰したような顔をしている。

大丈夫なようだ。

これによって、エドガー将軍の立場が悪くなることはないだろう。

「分かりました。では引き受けましょう」

「ああ頼む。それじゃ、また会う……ことは貴殿にとっては、ない方がいいな。ガッハッハ」

将軍はまた豪快に笑うと、手を掲げ撤退の合図を送り、移動を始めた。

それに伴って、動き出した兵士たちが、あちこちから俺に声をかけてくる。

「ありがとう」とか「感謝する」とか「助かった」とか、生き残れたことに感謝する声だ。

遠くの方で、深々と頭を下げている兵士もいる。

一人でも多くの命を救うことができて、本当に良かった。改めてそう思った。

そんな少し感動的な気持ちを味わってしまい、思わず【聴力強化】スキルを発動したら……、

「エドガー将軍、やはり聖剣だけは――」

ジェイスーンが、まだ聖剣を回収したいと将軍に詰め寄っている声まで拾ってしまった。

あいつ、まだ言っているのか。

せっかくの感動的な気分が台無しだ。

今までは、二番手の補欠だったわけだが、ジャスティスがいなくなった以上、代わりに勇者と認定される可能性が高い。

そんな思いがあるからだろう、聖剣に執着している。

というか、程度問題なだけで、あいつ、ジャスティスと一緒のような気がする。

こんなことを言ってはなんだが、ジャスティスがああなった以上、ジェイスーンだって反転し闇落ちする可能性があると思う。

そこのところを、王国中枢部が冷静に判断してくれることを祈るのみだ。

もっとも、今の体制では全く期待できないが。

そんなやるせない気持ちに蓋《ふた》をして、しばしの間、帰還する王国軍を見送った。

10. 廃棄品は戦利品、それは特級品

俺は、戦場に残っていた弩級バリスタ搭載の鋼鉄馬車——所謂《いわゆる》戦車と、それを牽引する鋼鉄のクマ型ゴーレムを四セットを回収した。

エドガー将軍が言っていた通り、全て破壊されていたが、粉々というわけではなく、技術者さえいれば修理できる程度の損傷にも見えた。

ただ、魔法道具を修理できる職人は貴重だし、古い時代の【階級】の高い魔法道具は、修理が難しいのは確かだろう。

将軍が言っていたことも、嘘ではないと思う。

まぁ専門家ではないので、多分に見切り要素が入っているとは思うが。

この戦車と牽引するクマ型ゴーレムは、いわば『ゴーレム馬車』なわけで、俺の『固有スキル』の【献身】を使って修復できれば、いろいろ役立ちそうだ。

戦闘にも使えるだろうし、もちろん普通の馬車として使ってもいい。

見た目はごついが、他に住民はいないし問題ない。

というか、魔物の領域で暮らす者が使う馬車としては、むしろ適していると思える。

普通の荷馬車とかだと、魔物と遭遇した時点で、破壊される可能性が高いわけだから。

一旦、『大剣者』の【亜空間収納】に回収して、後でゆっくり修復しようかとも思ったのだが、ワクワクしてしまい、見れる情報だけでも確認することにした。

【アナライズ】を使い確認すると――。

戦車は、【名称】が『黒魔鋼《くろまごう》の戦車・簡易量産型タイプ2』となっている。

【階級】が『上級《ハイ》』だ。

【名称】に焦点を当てて、詳細表示と念じると、少しだけ情報が表示される。

どうも、特別な魔法的な武装はないみたいだ。

だが、魔力を流すと、重量が五分の一程度に軽くなるようだ。

また馬車の中に人がいて、常時魔力を流した状態にすると、『黒魔鋼《くろまごう》』という材質が反応し、強度が増すと説明されている。

特別な武装はないとは言え、優れた機能だと思う。

そしてこの説明を読んで、何故こんなにあっさり破壊されてしまったのか疑問に思ってしまった。

相手が悪魔だったからなのか、それとも使いこなせていなかったのか。まぁ俺がそんなことを考えてもしょうがないのだが。

それから『タイプ2』というのは、どうも人員輸送を優先した作りみたいだ。

他のタイプにどういうものがあるかは、明示されていない。

この『タイプ2』は、車内の空間が五倍に拡張されているらしい。

ラッシュが背負っていたあの大型バッグ『空間拡張バッグ』と同じような空間拡張術式が搭載されているのだ。

壊れているので中に入ることはできないが、外見から判断するに、五、六人から十人程度乗れると思う。

仮に十人だとして、五倍なら五〇人が乗れることになる。

これは兵士の輸送にかなり役立つ。

おそらく騎馬並みのスピードが出るだろうから、五〇人乗せて運べば、騎馬が五〇騎あるのと同じことになる。

かなり重要な兵器と言えると思うが、本当に捨てていって良かったんだろうか？

まぁ修理できなければ、輸送も何もないから、いいんだろうけど。

俺が心配してもしょうがない。ありがたく頂戴する。

そして聖剣のように〝返せ〟と言ってきても、もう返さないのだ！

屋根の部分に搭載されている弩級バリスタは、この戦車の正式な付属品のようだ。これも、かなり使える武器に見える。

早く修復して使ってみたい。

俺は次に、鋼鉄製のクマ型ゴーレムを確認した。

【名称】が、『黒魔鋼《くろまごう》のゴーレム・タイプベアー（黒魔鋼狼《クマゴロウ》）』となっている。

……タイプベアーは、分かるけど……黒魔鋼狼《クマゴロウ》って何？　そんなサブネームいる？

熊なのか、狼《おおかみ》なのか、はっきりしてほしい！

てか、どう考えても見た目が熊だから、これで〝狼〟って言われても衝撃でしかないけど。

それとも何かの特別な機能が……？

【名称】に焦点を当て詳細表示と念じるが、何も表示されない。

……後にしよう。

【階級】は『極上級《プライム》』だった。

オートホースの『究極級《アルティメット》』よりは下だが、オートホースのように魔法ＡＩが搭載されている。

魔力を流して起動し、単純な指示を出して行動させることができるようだ。

ほぼオートホースと同じような感じだ。

まぁまだ修復前で、試してないから実際の使用感は分からないが。

そして、オートホースのように武装が内蔵されているかどうかは、現時点では分からない。

さっきもやったように、詳細表示と念じても、何も表示されないのだ。

修復して、確かめるしかなさそうだ。

それに修復すれば、『大剣者』の超魔法ＡＩが、オートホースにしたのと同じように、クマ型ゴーレムの魔法ＡＩにもリンクして、制御できるようになるかもしれない。

そうすれば……武装があるかどうかや、隠し機能があるどうかなども、把握できるはずだ。

名前に隠された〝狼〟についても、判明するかもしれない。ただの〝お遊び〟の可能性もあるが……。


ちなみにクマ型ゴーレムと言うのは面倒なので、この際、『クマゴロウ』と呼ぶことにした。なんとなく、製作者の思う壺《つぼ》な気がして……少し不本意だが。

それはさておき、やはり修復してしまって、いろいろ確かめてみたい。

俺は、この場で修復に取り掛かることをみんなに告げた。

今日合流したイリーナやフランソワはもちろん、ラッシュやクラウディアさんも、物に【献身】を発動するところは見たことがない。

みんな興味津々といった表情だ。

俺は、『クマゴロウ』と戦車のセットを、四つ纏めて【献身】の対象に指定する。

数が多いと、それだけ一気にダメージを受けるが、一つやっても多分俺のＨＰは１になる。だったら、纏めた方が一回で済む。

どっちみち、完全に近い状態まで修復するには、何回も繰り返さなければいけないので、纏めることで、そもそもの回数を少なくしたいのだ。

【献身】スキルを発動する――。

――ぐっ。

やはりＨＰは１になった。

すぐにフランソワが回復魔法をかけてくれ、楽になった。

全回復はしていないので、毎回のごとく自分で【光魔法――光の癒し手】をかけ、完全回復する。

俺は、これをさらに五回繰り返した。

……完全に近いところまで、修復できた。

というか、王国軍が持ってきた状態よりも、良くなっている気がする。多分、間違いない。

経年劣化もあっただろうし、ある程度のダメージはそのままにしていた可能性もあるからね。

それにしても……新品みたいでいい感じだ。

四台並べて、まずは戦車……鋼鉄馬車から確認する。

中は……めっちゃ広い！

やはり空間が、五倍に拡張されているようだ。

みんなも驚いている。

馬車の後ろの扉を開いて、四台全てを覗《のぞ》き込む。

四台のうちの二台は、椅子が配置されていて、やはり五〇人ぐらい乗れるようになっている。

残りの二台は、何もないただの空間が広がっている。

「ねぇ、この一台さぁ、内装とか充実させて、くつろげる部屋にしてもいいんじゃない？」

クラウディアさんが、楽しそうにそんな提案をした。

「それいいかもです！　これから『北端魔境』を探検する時に、移動する家として使うっていうのはどうです？」

ラッシュもノリノリだ。

「あーそれいいかも！　くつろげる拠点って大事よね。遠征用の拠点として最適ね」

フランソワも、目を輝かせている。

「じゃぁさぁ、トイレとかも作っちゃえばいいんじゃない。中に個室とか作れるよね？　こんなに広いし。本当は汚れを流せるように、お風呂があると最高なんだけど」

イリーナがそんな話をすると、女性陣は全員大きく頷いた。

やはりトイレは大事だよな。

トイレは、排泄物《はいせつぶつ》を薬草で分解するものが一般的で、水を使わないから設置できそうだ。

風呂は水を使うから、工夫が必要だろう。

でもなんとか工夫すれば、外に排水できるようにできると思う。

お湯を沸かすのは、魔法道具がないと大変だから、とりあえず水浴びができればいいかな。

やろうと思えば、溜めた水に炎を纏わせた『大剣者』を入れて、お湯にする手はありそうだが。

まぁそれにしても、水の取り込みが問題だ。

ただこれも、『魔法の水袋』があるから、あれを何回もぶちまけて水を溜めるという手はある。

まぁそこら辺は、後で考えることにしよう。

「じゃぁ一台を、その方向でみんなで改造しようか？」

俺がそう言うと、みんなは歓声を上げた。

今後の作り込みが楽しみである。

残り三台のうち、元々人員輸送用に椅子が付いていた二台は、そのままにしておくことにした。

もう一台の何もない空間のものも、物資運搬用にそのままにすることにした。

もっとも、物資の運搬と言っても、『大剣者』の【亜空間収納】があるから基本的に使うことはないと思う。

将来、人が増えた時に使うかもしれないが。

拡張された空間に心を奪われ、忘れてしまいそうだが、この四台の鋼鉄の馬車の一番の特徴は、攻撃に使えるということだ。

戦車と言われる所以《ゆえん》である。

なので、武装について確認する。

ただ武装と言っても、屋根に付いている弩級バリスタだけだ。

だがこのバリスタは、椅子が付いた台座とセットされていて、射撃手が自由に方向を変えて、発射することができる。

バリスタの発射角は自由に調整することができるし、台座もハンドルが付いていて回転させて向きを変えることができるのだ。

バリスタは、通常、外壁の上などに設置される物で、かなり大型である。それが小型化されているというのも、大きな特徴だと思う。

実際に威力を試す。

バリスタで使う大型の矢は、台座に収納ボックスがあり、内蔵されている。

標準装備は、二十本のようだ。

戦闘の時に、俺が聖剣を使って出した二メートル四方の土壁に向けて発射する。


——ビュュュュュンッ！

——ダァァァンッ！


おお、土壁を粉砕した。かなりの破壊力だ。

通常の魔物に対しては、強力な武器になるだろう。

この辺に出るような魔物なら、瞬殺だと思う。

さっきこれで狙われたら、やばかったかも。

まぁその時は、もっと強度を上げた壁を出したけど。

でも不意打ちで狙われたら、やばかったかもしれないな。

ちなみに、あの時に土壁に大量に刺さっていた矢と周辺に落ちていた矢は、全て回収済みである。

これも王国軍のありがたい置き土産である。二百本以上は確保できた。

それから、この戦車もクマ型ゴーレムも素材は、『黒魔鋼《くろまごう》』でできている。

『黒魔鋼《くろまごう》』は、『魔鋼』を強化した特殊金属である。

『魔鋼』は、魔法道具や魔法の武器を作る素材として有名だ。

『魔鋼』は、鋼に、魔物から取れる『魔芯核』を混ぜて作るらしい。

『黒魔鋼《くろまごう》』は、そこにさらに、この国で採れる特殊な赤土を混ぜて作るのだ。

ある意味、この国の特殊素材と言ってもいい。

この知識は、『勇者選定機構』による研修の時に聞いたものだが、当然ながら実際の作り方は分からない。

講習を受けた時に、特殊な赤土を混ぜるなら『赤魔鋼』ではないかと思ったものだが、加工すると黒くなるので『黒魔鋼《くろまごう》』という名前になったとのことだった。

特殊な赤土というのが、最近では確保できないらしく、『黒魔鋼《くろまごう》』は、ほとんど生産されていないようだ。

『魔鋼』との性能差が大きくないことも、無理に作られてない理由のようだ。

講習の時の話では、『魔鋼』の性能を30％程度上昇させたものと言っていた。30％も上昇させたら、すごいと思うのだが。

魔法道具などを作る時に、『魔鋼』で十分ということならオーバースペックだろうし、もっとすごいものを作ろうと思った時には、30％では無理して作る気にはならないといった感じなのかもしれない。

『魔鋼』は、魔力を通しやすい素材で、武器にした場合、魔力を通すと軽くなったり、強度が増したりするという特徴がある。

『黒魔鋼《くろまごう》』は、その性質が30％強化されているのだから、この戦車は、かなりの強度だし、その分防御力が高いはずだ。

それなのに破壊されたのは、やはり王国軍が使いこなせていなかったと考えるべきだろう。

ただそれ以前に、経年劣化などで相当傷んでいたという可能性もあるが。

実際に魔力を流して試してみたが、軽くなっているとか、強度が増しているというのは、見た目では分からない。

魔力を流した感触としても、あまり伝わってくるものはない。

それから、クマ型ゴーレム通称『クマゴロウ』も、同じ『黒魔鋼《くろまごう》』でできている。

まだ戦闘用の装備があるか分からないが、体当たりしただけでも、かなり強いと思う。

「マスター、クマ型ゴーレム通称『クマゴロウ』の魔法AIに対する接続及び制御リンクが完了しました。私の制御下で、コントロールすることが可能になりました」

修復後、早速リンクを試みていた『大剣者』がそんな報告を上げてくれた。

『クマゴロウ』は、修復直後に俺が魔力を流し、起動状態にしていたのだ。

それにしても、流石『大剣者』だ。

オートホースだけでなく、『クマゴロウ』四体もコントロール下に置いてしまった。

なんか、『大剣者』が率いるゴーレムの軍団ができそうだ。

こうなると魔法AIを搭載したゴーレムをかき集めたくなるが……。

ただ、そもそもゴーレムは超貴重品だから、集めようと思って集められる物ではない。まぁ後で考えてみよう。

それよりも……。

「リンクが完了したってことは、性能や装備の情報を取得できたんだろ？」

「はい。搭載されてるシステムを掌握いたしました。やはり特別な武装が隠されていました」

おっと、期待していた返事だ！

特別な武装があるのか！

うん、ワクワクが止まらん！

「それってどんな？」

思わず急《せ》かしてしまう。

詳細カモン!!

「三つのモードが存在していました。

基本は、馬車を牽引する『ベアーモード』です。通常モードと言ってもいいでしょう。

二つ目は『ファイティングモード』です。バトルモードと言っていいでしょう。

三つ目は『ウルフユニットモード』です。エクストラモードと言っていいでしょう。

サブネームに隠されていた〝狼〟には意味があったようです」

おお、素晴らしい！　なんかワクワクする！

早く内容を知りたい！

もっと詳細カモン!!

「『ファイティングモード』、『ウルフユニットモード』にはロックがかかっていて、起動には専用の発動真言《コマンドワード》が必要でした。その解析にも成功しています。ゆえに、この二つのモードの使用も可能です」

おお、なるほど。

普通では使えない状態だったのか。

それを使えるようにするとは、流石『大剣者』。

てか、早く内容カモン!!

「まず『ファイティングモード』は、『仁王立ちバトル』という発動真言《コマンドワード》で起動します。このモードが発動すると、『クマゴロウ』は二足歩行で立ち上がり、パンチや蹴りなどでの格闘戦を行えるようです」

すごい！

肉弾戦ができるってこと？

このクマ立ち上がるのか。

うーん、実際見たいな。

「『大剣者』動かせる？」

「可能です。実行いたします。リンクスタート、クマゴロウ、ファイティングモード起動——仁王立ちバトル！」

「ガウッ」

おっ、クマゴロウが吠《ほ》えた。

そして、目が赤く光っている。

二足歩行で立ち上がり、腕を前に構えている。ファイティングポーズをとっているようだ。

全身真っ黒で鋼鉄製のボディだから余計感じるのかもしれないが、なんかすごく強そうだ。

戦う相手はいないが……。

「『大剣者』、あの木を倒すことはできるか?」

「もちろんです。通常のゴーレムに命じるように、対象者と行動を指示するだけです。今は私の制御下にありますので、私が命じます」

「前方の大木を破壊せよ」

「ガウ」

クマゴロウが走る。走る時は、四足歩行に戻るようだ。

指定の大木に近づくと、立ち上がり――。

おお!

回し蹴りを放った!


――バギィィィンッ!

大木は吹っ飛んだ。すごい威力。

てか、熊の回し蹴りって……まぁいいけども。

こいつ、めっちゃ強いと思うんだが。この辺に出る魔物相手なら、余裕だな。

俺が最初に戦った、あの強かった鹿魔物はどうか分からないが、普通に出てくるレベル20から30くらいの魔物なら、問題なく倒しちゃいそうだ。

……これ、やばいな。

王国、返せって言ってくるんじゃないか。

エドガー将軍、こいつのすごさをよく分かってないよね？

あの人……絶対分かってないな。

でも絶対返さないよ。もう返さないから!!

「ファイティングモード解除」

『大剣者』がそう命じると、四足歩行に戻り、ゆっくりと、可愛い感じで歩いて戻ってきた。

何、このギャップ。

真っ黒で、鋼鉄むき出しだけど、なんか可愛く感じてしまった。

「三つ目の『ウルフユニットモード』は、発動真言《コマンドワード》のみでなく、起動には大量の魔力が必要です。現在のマスターの魔力量では、必要量を満たせないと思われます」

「え、じゃぁ起動できないってこと？」

「いえ、起動に必要な量の魔力を満たせる者は、ほとんどいないと思われます。それゆえに、代替手段が搭載されています。『魔芯核』をセットすることで、燃料として使うことができます」

おお、なるほど。

「実際に、起動テストをするのが早いと思います。魔物から採取した『魔芯核』をいくつか、クマゴロウの口に投入してください」

「分かった」

俺は、『大剣者』の指示に従い、『魔芯核』を三個ほど取り出して、『クマゴロウ』の口に持っていった。

するとクマゴロウの口が開き、トレイ形状の舌のようなものが、伸びてきた。

そこに、『魔芯核』を載せると、すぐに回収された。

飲み込んで、中に投入されたようだ。

「これで、必要魔力の問題は解決しました。では、『ウルフユニットモード』を起動します。クマゴロウ、ウルフユニットモード起動——ベアウルフ、ベオウルフ、ベルセルク」

『ベアウルフ、ベオウルフ、ベルセルク』というのが、発動真言《コマンドワード》のようだ。

「ガオォォォオンッ」

クマゴロウが雄叫《ば》びを上げると、今度は目が青く光った！

そして、四つん這いになったクマゴロウの背中が左右に開いた！

そして——。


——シュッ、シュシュッ、シュシュッ。

小さな影が五つ飛び出した！

そしてそれは、クマゴロウの手前でお座りをしている。

そう、おすわりだ。

五匹の子犬、いや、五体の狼型ゴーレムが、指示を待つかのようにお座りをしているのだ。

クマゴロウと同じ全身黒い鋼鉄製だが、サイズは子犬サイズだ。

アオタンが式神召喚した『幻獣マメシヴァ』のオママメよりは大きいけど、あくまで子犬サイズだ。

それにしても子犬サイズとは言え、よく五体もクマゴロウの中に収納されてたな。まぁクマゴロウの体は、実際かなり大きいから、冷静に見れば、収納スペースはある感じだが。

なんとなくだが……熊が狼の子供を産んだような……いや、そんなことはどうでもいいか。

『大剣者』が指摘してくれていた通り、サブネームにあった〝狼〟は、これを示唆《しさ》していたようだ。

そしてなんとなくだが、『黒魔鋼狼《クマゴロウ》』の『クマゴロウ』という呼び方には、『クマ、五匹の狼《ロウ》』という意味もかかっているのかもしれない。そう感じてしまった。

というか、そんなことどうでもいいし、もうかなり面倒くさい！　なんの遊びなんだよこれ！

前に『大剣者』が誇らしげに、自分に貫かれている設計思想は、〝遊び心〟だとか言っていたが、このゴーレムの名前も、〝遊び心〟以外の何物でもない。

いや、そんないいもんじゃないか。

どこかの変な開発者の自己満足的なネタじゃないか！

魔法道具を作る人間の感性が全く分からない。

まさか『大剣者』を作った人と同じなんてことは……ないな。あるわけがない。

きっと、すごい魔法道具を作る人には、変わり者が多いのだろう。

そんなことよりも……さっき破壊されていた時には、内部の構造が全く分からなかった。

改めて思い返すと、破壊されていたクマゴロウは、手足が壊れていたり体の部分にも損傷はあったが、内部が見えるほど裂けてはいなかった。やはり基本の作りは、頑丈なのだろう。

「ウルフユニットは、それぞれ単独で魔法ＡＩを搭載していますので、別々に指示を与えることができます」

『大剣者』が追加の説明をしてくれた。

なるほど、早速試してみよう。

俺は、子犬——いや、ウルフたちに指示を与えてみた。

……ふふ、面白い。

一体目は、その場でぐるぐる回っている。

犬が自分の尻尾を追いかけて、ぐるぐる回ってる状態だ。

二体目は、穴を猛烈に掘っている。

三体目は、木の枝に噛み付いてぶら下がっている。

四体目は、地面でローリングしている。

五四目は、まるでヤギのように垂直にジャンプを繰り返している。

全て俺が出した指示だが……ちょっと遊んでしまった。

そして言うことを聞いてくれると、見た目が真っ黒で鋼鉄でも可愛く感じてしまう。

というか、そもそもこのウルフユニットはなんのために存在しているんだろう？

普通に考えれば、攻撃に使うんだと思うが……まさか愛玩用じゃないよな？

そんな質問を、『大剣者』に投げかけてみると、

「ウルフユニットの特徴は、クマゴロウの子機でありつつ、単騎で自律行動できることです。クマゴロウが牽引する戦車の周囲をガードしたり、情報を収集することが可能です。戦闘用ユニットと言うよりは、様々な局面で柔軟に運用できるマルチユニットということでしょう。

一応武装としては……鼻の部分に魔法銃の系統の武器が内蔵されていて、発射することができます。あとは、通常の格闘すなわち噛み付きや爪での攻撃も可能でしょう。それ以上の武装は、確認できません。

ただ、口の噛み合わせが特殊な機構になっています。先端は鋭い牙のパーツがありますが、奥の部分は、柔らかい粘着性のパーツを装備していて、様々な物にフィットして固定することができます。つまり口を使ってしっかり掴むことができるということです。したがって、剣を噛ませて武器として使わせることも可能です」

なるほど。攻撃にも使えるし、警戒任務や哨戒《しょうかい》任務もできるということか。

優秀じゃないか、子犬たち、いや、ウルフたち。

「『ウルフユニットモード』起動時には、『クマゴロウ』にも変化があります。オープンした背の部分は、ウルフユニット排出後は、コックピットになります。コックピットとは、騎乗する場所と理解してください。つまり『クマゴロウ』を騎馬のように使って、戦うこともできるわけです」

そんな機能まであるのか。

実際に確認すると……確かに開いた背中がそのままになっていて、中には椅子のような物が内蔵

されている。

実際そこに座ってみる。

すると短かった背もたれが、ぐっと伸びてきてフィットした。

同時に後方からアームが伸びて、ローブのような物を後から俺にあてがった。これを着ろということなのか？

「それは、このモードに内蔵されている装備で、任意に利用することが可能です。『ベルセルクコスチューム』という名の装備で、フード付きローブです。高い防御力を持っています」

そんな物まで……。

俺は、袖を通してみた。

意外に軽い。

ローブには、全体にクマの毛のような物が付いている。クマの毛皮のローブみたいな感じだが、実際の材質は違うようだ。

触ると固い感じなのだが、重くはない。

そして何故かフードのところが、クマの頭のデザインになっている。耳も付いている。

口から下がない状態で、そこから自分の顔が出るのだ。

これは、はっきり言って、めちゃくちゃ〝恥ずい〟のでは？

そしてこれはもしや……伝説の『着ぐるみアーマー』というやつではないだろうか？

何かの英雄譚で、読んだ記憶がある。まぁそれはどうでもいいんだが。

とにかく、これを着て戦うのは、恥ずかしすぎる。ここで着てしまったことは、大失敗だ。

と思っていると……、

「先輩、めっちゃ可愛いです！」

「うんうん、ヤマト君、素敵！」

「ヤマト君って、なんでも似合うのね」

「なんかいい。それ着て生活したら？」

ラッシュ、クラウディアさん、フランソワ、イリーナが、ニヤニヤしながらそんなことを言った。

そんなこと言われると……尚更恥ずい。

ラッシュとクラウディアさんは、本気で喜んでる感じだけど、フランソワとイリーナは、軽く俺で遊んでる感じだ。

俺は、『クマゴロウ』を降りて、『ベルセルクコスチューム』も脱いだ。

ラッシュたちが着たいと言うので渡したら、喜んでキャッキャ言いながら順番に着ている。

みんなで、可愛いとか言いながら、大盛り上がりだ。

クマゴロウが四体いるから、四人分の『ベルセルクコスチューム』が出せる。

そんなに気に入ったなら、みんなで着ればいいんじゃないだろうか。

ちなみに、俺は絶対に着ないけど！

そしてそもそも、そんなに可愛くはないと思うんだが。

フードの部分のクマ顔は、まあまあリアルだと思う。

まぁ防具として優秀なら、接近戦をするラッシュとかが使う分にはいいと思う。

ただ女子四人全員がこれを着ているのは……俺的には、微妙でしかない。

改めて思うが、この武装の開発者は、〝遊び心〟という名の〝おふざけ〟をしているのではないだろうか。

あえてクマの顔をつける必要ないはずだ。

◇

それにしても、改めてすごい物を手に入れてしまったと思う。

エドガー将軍が、心意気的な感じで俺に譲るために、敢えて捨てていってくれたんだと思うが、絶対に、この魔法道具のすごさを分かっていなかったと思う。今さらながら、彼の今後が心配になる。

ただ、特別な二つのモードにはロックがかかっていたということなので、王国自体、王家の人たちも、知らなかった可能性もある。

みんなと雑談しながら、そんな話をしたら、

「それは、ありえるかもしれないわね。このゴーレムや戦車の存在は知っていたけど、こんな装備があるという話は、聞いたことがないもの。建国の頃から受け継がれてきた貴重な魔法道具ではあったけど、単に戦車として優れているとか、人員を輸送できるとか、そんな情報しかなかったわ。もちろん王族は知っていて、敢えて秘匿しているという可能性もなくはないけど。ただ秘匿する意味もないと思うのよね。有効に使った方がいいわけだし」

クラウディアさんが、そんなことを言った。

彼女は、上級貴族の令嬢でもあるし、『勇者選定機構』のエリートスカウターだった。そんなこともあり、かなり知識が豊富だ。

「でもクラウディアさん、王国で作られた物だったら、当然、王家には伝えられているんじゃないんですか？」

ラッシュが、素朴な疑問をぶつけてくれた。

俺もそう思ってた。

「それがね、この国で作られた物じゃないみたいなの。確か……建国当時、今から七百年くらい前に、手に入れたとされていたはず。『カントール王国』より以前の国が所有していた物みたい。だから隠された機能を知らないことも、十分にありえるのよ。『聖剣カントローム』もそうだけど、王家に伝わる秘宝のほとんどは、この国で作られた物ではないのよ。その多くは、建国当時に手に入れた物だったはず。その後に手に入れた物も、他国から送られたとか、そんな物が多かったはずよ」

なるほど。ほんとにクラウディアさんは博識だ。

この国で作られた物でないなら、機能を知らない可能性もある。

特に以前の国から接収するように手に入れたとしたら、十分な説明がなされなかった可能性も高い。

ただのクマ型ゴーレムと戦車だと思っていた可能性は、十分ありえる話だ。

俺たちだって、『神器級《ゴッズ》』階級のアイテムである『大剣者』が超魔法ＡＩで強引にアクセスできたから、知ることができただけなのだ。

「王国では、このクマゴロウたちは、あまり実戦で使ってなかったんですかね？」

今度はフランソワが、首を傾げる。

「そうね、建国当初はどうか分からないけど、ここ最近はほとんど実戦投入されてなかったんじゃないかしら。

強力な戦力なら、『勇者選定機構』の講習でしっかり取り扱うはずだし」

クラウディアさんが、腕組みして記憶をたどりながら答えてくれた。

あまり役立つ道具、戦力とは考えられていなかったのかもしれない。

戦力と言うよりは、王家に伝わる秘宝的な意味合いが強かったのだろう。

だが、そうすると、何故今回持ってきたのかということが疑問になる。

なんとなくだが……ジャスティスが、「何か秘密兵器を出せ」みたいな無茶苦茶なことを言って、それっぽい物を出してきたということなのかもしれない。まぁ実際のところは、分からないわけだが。

◇

回収した戦車とクマゴロウの検証を終えた俺たちは、『魔境台地』に作った第一拠点に戻ってきた。

戻ってきたと言っても、イリーナとフランソワは初めて来るわけだが。

みんなで、お茶を飲んでいる。

一息ついて改めて振り返ると、よくみんな無事に生き残ったものだ。

執念深いジャスティスが、王国軍の大軍を率いてまた現れるところまでは、想定内だった。

だが、まさか勇者ジャスティスが闇落ちして魔王の【称号】を得るなど、思いもしなかった。

ユーリシアが悪魔契約者で、密かに画策していたなんてことも、予想もできなかった。

悪魔を召喚するなんて、さらに予想外の出来事だった。

今にして思えば、ユーリシアを取り逃がしたのが痛恨だ。あいつが、現時点では諸悪の根源に思える。

それに二番手パーティーの勇者候補ジェイスーンに殺されたジャスティスが、死んでないという発言も気になる。

だが、全て今さら、後の祭りだ。

改めて、強く思う。どんな事態が生じても、素早く的確に対処できる力が欲しい！

そして、そもそもの戦う力として、レベルも上げなければならない。

あの中級悪魔、そして上級悪魔は、本当にやばかった。

俺のレベルをはるかに超えていたし、勝てたのが奇跡だ。

今後のことを考えれば、やはりもっと鍛えて、レベルを上げなければならない。

少なくとも一流冒険者と言われるようなレベル50以上には持っていきたい。

勇者候補パーティーだった時の目標はレベル50で、正式な勇者と認定されれば、その後鍛えてレベル60以上を目指すと言われていた。

やはりその辺まで目指さないと、悪魔や魔王とは戦えないと思う。

いや、そこは最低ラインでそれ以上に強くならなければ、自分も仲間も守ることはできないだろう。それが今日の戦いで身に染みて分かった。

ジャスティスがほんとに死んでいないのなら、魔王として再度、俺をつけ狙ってくる可能性は十分にある。

もしそうでないとしても、悪魔契約者のユーリシアが何か仕掛けてくる可能性もある。

だから、すぐにでも鍛えなければならない。

レベルを上げるためには、魔物と戦う実戦をこなすのが一番だ。

この広い『北端魔境』には、レベルが高い魔物も多く潜んでいるだろう。

みんなでパーティーを組んで、鍛えることにしよう。

そんなことを話したら、みんな真剣に耳を傾けてくれ、賛同してくれた。

そして俺たちは、これから強くなるという想いを強く心に刻み、お互いに誓い合ったのだった。

あとがき

こんにちは、今大光明です。

このたびは、『光の大聖者と魔導帝国建国記』を手に取っていただき、誠にありがとうございます！

お買い上げいただいた貴方《あなた》に、心からの感謝を！　一巻に引き続きのご愛読に、感激の涙です！


さて、第二巻のポイントを少し書きましょう。あとがきを先に読まれる方《かた》もいると思いますので、あまりネタバレにならない範囲で少しだけ。

勇者ジャスティスが、性懲《しょうこ》りもなくまたヤマトを連れ戻すために『北端魔境』にやってきます。これはヤマトもある程度予想していたことですが、ここで思わぬ事態が発生してしまいます。衝撃的な事実も発覚します。

そしてさらには強大な敵が……ヤマトと仲間たちが絶望するも、そこに新たな力が……。

一方で、傷心を癒《いや》しつつ故郷への旅を続けているミーアたちは、思わぬ出会いを果たします。ちょっと個性的な女侍《ざむらい》と幼女忍者との出会いです。

この二人は、書籍版オリジナルのキャラクターで、第二巻のゲストキャラとも言える人たちです。ちょっとクセが強いのですが、作者としてはお気に入りの二人です。そして恐らく今後また……。

それから、ウェブ版で登場するあの種族やこの種族も、チラッと顔見せしていたりします。

という感じで、本巻は、実に半分に及ぶ新規書き下ろしとなっています。ウェブ版で楽しんでいただいてる方にも、新たな感動をお届けできる内容とボリュームです！

お楽しみいただけたならば幸いです。そしてこれから読まれる方は、ぜひお楽しみください！

今後ヤマトたちは本格的な国づくりを始め、『北端魔境』の本格的な探索に乗り出すことになるでしょう。そして新たな出会いもきっとある筈《はず》。作者としても楽しみです。

それでは最後に謝辞を。

本作第二巻を無事に出版できたのは、第一巻を愛読いただいた読者の皆様、ウェブ版を応援してくださっている読者の皆様、素晴らしいイラストを描いてくださった藍飴先生、担当編集様のお陰です。本当にありがとうございます。

そしてこの書籍に関わってくださった全ての皆様に、心から感謝いたします。

最後に本作を読んでくださった読者の皆様、本当にありがとうございました。そして引き続きのご愛読をよろしくお願いいたします。また、応援いただける方は、ご友人などにも本作をご紹介ください。

二〇二二年十二月　今大光明

感謝・合掌

BKブックス

光の大聖者と魔導帝国建国記

～『勇者選抜レース』勝利後の追放、そこから始まる伝説の国づくり～ 2

2023年1月10日　初版第一刷発行

著　者　今大光明《いまだいみつあき》

イラストレーター　藍飴《あおい》

発行人　今 晴美

発行所　株式会社ぶんか社
〒102-8405　東京都千代田区一番町29-6
TEL 03-3222-5150（編集部）
TEL 03-3222-5115（出版営業部）
www.bknet.jp

装　丁　AFTERGLOW

編　集　株式会社 パルプライド

印刷所　大日本印刷株式会社

ISBN978-4-8211-4650-5